Brigitte Sandberg

Lichtung

Bibliografische Information der Deutschen
Nationalbibliothek: Die Deutsche Nationalbibliothek
verzeichnet diese Publikation in der Deutschen
Nationalbibliografie; detaillierte bibliografische Daten
sind im Internet über dnb.dnb.de abrufbar.
© 2021 Brigitte Sandberg
Malerei Brigitte Sandberg
Herstellung und Verlag: BoD – Books on Demand,
Norderstedt
ISBN: 9 783754332764

Wanderung auf eine Lichtung zu. So war das Gefühl, das sie durch die Nacht brachte. Immerhin. Der Tagesanbruch wird erwartet. Sehnlichst, denn die Angst der Nacht hält sie gefangen. Was lugt und lauert unter dem Augenaufschlag, für die Nacht die Lider auf die Augen gesenkt, sie verschließend. Kein Morgenstrahl soll sie zu früh wecken.

Die Luft war wie frisch gewaschen. Klar. Kein Dunst. Wie klares Wasser. Sie beschrieb die Luft in einer Sprachnach(t)richt an ihren Sohn, dem sie außerdem erzählte, dass sie ein Foto von ihm gefunden hätte, auf dem er vielleicht 11 oder 12 Jahre sei. Was sie wunderte, war der Bär auf diesem Bild. Er war ein Urgestein, geschunden, strapaziert, sein Fell war schon abgewetzt. Woher hatte er ihn?
Sie erzählte ihm auch, dass sie gerade, weil die Sonne in das Schaufenster der Keramikerin schien, mehrere Fotos von ihr und ihren Keramiken aufnahm, die sich für die gelungenen Fotos bedankte und sie gleich auf Facebook hochlud. Sie sagte, sie stehe jetzt an der Kreuzung. Ob ihn das überhaupt interessierte? Er wurde in ein paar Tagen 51 Jahre.

Im Radio hörte sie, dass es Menschen gab, die sich keinen rosa Elefanten vorstellen konnten. Das sei eine Krankheit, die sich Aphantasie nenne.

Lichtung

Es beschäftigte sie in Anbetracht ihres Bildbandes „Werkschau 1976 - 2020" die dpi Zahl 300, die Auflösung per Quadratzentimeter. Sie schaute sich Programme an, mit denen die dpi Zahl auf 300 erhöht werden konnte, aber dadurch verkleinerte sich das Foto. Wenn sie das überhaupt richtig gemacht hatte. Es ging um die Druckqualität, die unter 300 dpi weniger gut war.

Sie hatte die angeblich minderwertigen Malereien für die Werkschau aussortiert. Aber dann entschloss sie sich, auch diese zu zeigen, denn es gehörte alles zusammen, die guten und die schlechten Malereien wie bei einem Menschen, da konnte man auch nicht die schlechten Seiten herausschneiden.

Sie fand es sogar interessant, auch die Experimente zu zeigen, die verschiedenen Richtungen, in denen es dann aber plötzlich nicht weiterging.

Bei der Sichtung der Bilder, fiel ihr ein Zeitungsartikel von 1999 in die Hände, gezeichnet „pre", diese Person hatte ihre Ausstellung im Glasgang des Michaelis Krankenhauses besucht und darüber geschrieben. Fotografiert hatte er ein Bild von ca. 1,50m Höhe und 1,20m Breite, genau wusste sie es nicht, denn sie besaß es nicht mehr, ganz sicherlich hatte sie es übermalt. Auf dem Bild mit vegetativen Farben gab es viele Zacken, gezackte Schilfblätter mochten es sein, gezackte Figuren und vielfach tauchte der Davidstern auf. Sie meinte sich zu erinnern, dass ihr die vielen Zacken wehtaten, obwohl sie sie vielleicht schützen sollten vor einem gefährlichen Kontakt mit anderen.

Sie würde versuchen, die Person zu erreichen, aber das war gar nicht so einfach, denn das Wochenblatt war eingestellt worden und wer veröffentlichte heutzutage noch seine Telefonnummer.

Der Tag war sehr abwechslungsreich, zwischen Sonne und Regen, Grundton kalt, wenn die Sonne hervortrat, verkehrte sich der Ton in kühl. Ihre Füße hatten sie heute Morgen nichtsdestotrotz sehr weit entlang der Elbe getragen, der sporadisch sich ergießende Regen störte nicht. Sie wählte andere Wege als sonst, Wege, die auch Treppen beinhalteten, hohe Treppen. Aber es machte ihr heute nichts aus. Während sie an anderen Tagen keinen Fuß auf eine Treppe setzte. Trotz Maskenpflicht trug kaum jemand den Mund-Nasen Schutz, sie benutzte ihn, wenn zu viel Gegenverkehr war und rücksichtslose Jogger stur ihre Bahn zogen. Sie war froh, auf dem weichen Sand zu gehen.

Tre. interessierte sich für ihren gerade erschienenen Bildband. Er fragte, ob sie ihn schicken könnte. Sie informierte ihn, dass das Buch auch in Great Britain, in den USA, Kanada und Australien verfügbar sei. Er wollte es bei den booksellers in Great Britain suchen. Einige Stunden später schrieb er, dass er es gerade online bestellt hätte. Sie freute sich, dass er einen Weg gefunden hatte. Die Radierung, die sie seinerzeit ihm und seiner Frau geschenkt hatte, würde er im Buch wiederfinden.

Als sie den Bildband über ihre Malerei, ihre Radierungen, Zeichnungen und Skulpturen zusammenstellte, kam es zu etlichen Begegnungen mit der Vergangenheit. Sie fragte etwa M.L. nach den Maßen der „Collage mit Tonmesser" und sie antwortete, hol es doch einfach ab und messe und fotografiere selbst. M.L. hatte das Bild immer noch auf ihrem Kamin stehen, obwohl es doch schon irre lange her war. Sie hatte die Spitze ihres Tonmessers aus den Falten eines grünen Seidenstoffs herausschauen lassen. Es war immer noch eine schöne Collage, genau wie die von H.-W., der damals eine „Collage mit Feder" erwarb, eine Feder neben einem gemalten, roten Oval. Er hatte die Collage nochmal für den Bildband fotografiert, das fand sie ganz rührend. Aber es gab auch Etliche, die das nicht interessierte oder vielleicht hatten sie keine Zeit oder die Bilder waren nicht mehr bei ihnen. Alles war vergänglich. Knut nutzte die Gelegenheit und wollte sich wegen Corona „privatim" mit ihr treffen. Das kam für sie nicht in Frage. Was das Bild anging, das sie ihm damals geschenkt hatte, so hatte er es inzwischen an seine Tochter verschenkt, die ihm die Maße mitteilte und fragte, welchen Verkaufswert das Bild hätte.

Auch der Fotoband „Gezeiten" war erschienen, sie würde ihn nächste Woche in der Buchhandlung bestellen.

Als sie einen kurzen Nachmittagsspaziergang ins Auge fasste, steckte sie das gerahmte Bild in die Tasche, das sie für E. und A. ausgesucht hatte, die beiden sehr netten Griechinnen, die das Café im Park vor einigen Jahren in einem ehemaligen Toilettenhäuschen eingerichtet hatten. Damals traf sie sich dort zuweilen mit Hans Kl., zufällig oder verabredet. Er wohnte ums Eck, war aber leider inzwischen verstorben, der weißhaarige Hüne. Seitdem holte sie sich nur noch selten einen Kaffee, aber redete immer noch gerne ein paar Zeilen mit den beiden Schwestern, wenn es sich ergab.

Sie hatte mit ihrem Sohn telefoniert, den sie schon monatelang nicht gesehen hatte. Er wohnte zurzeit bei seiner Freundin in Marburg, weil er dort ebenso gut Homeoffice machen konnte wie anderswo. Er hatte eine Radiosendung für „Ohrsicht" fertig gestellt, die ihm schon lange am Herzen lag, in der es um die Musikgeschichte des Rock ging. Abgesehen davon hatten er und seine Freundin gegen die Motten nun schon alles Mögliche ausprobiert, um sie loszuwerden. Ob das geklappt hatte, wusste er nicht, da er nicht sehen konnte, ob sie verschwunden waren und seine Freundin, die auch blind war, sah es auch nicht. Sie hatten online ein Gas bestellt, das Gift gesprüht und den Raum verschlossen. Aber wenn nicht gerade ein Tier über seine Hand krabbelte, was er fühlen würde, konnte er nicht ermessen, was los war. Außerdem war die Waschmaschine kaputt, die erst anderthalb Jahre alt war, seine Freundin hatte jedoch die Rechnung und die Garantie nicht aufgehoben, deshalb mussten sie jetzt die vollen Kosten tragen. Sie würden gleich zum Lebensmitteleinkauf und Spaziergang rausgehen. Das sah bei ihr ähnlich aus.

Verabredungen gab es wenige. Freundschaften zerplatzten plötzlich und unverhofft. Es war merkwürdig, plötzlich passierte irgendetwas, und die Spaltung war da, trieb sie auseinander. Die Anzahl der Jahre war keine Garantie. Sie stand eh alleine da. Sie richtete sich auf ein Sterben in Einsamkeit ein. Wie war das mit ihrer Schwester, die ihren Magenkrebs überwunden hatte, und plötzlich hieß es, da seien zwei Metastasen an den Brustwirbeln. Sie hat sich zu einer Immuntherapie entschlossen. Sie sagt, sie sei zuversichtlich. Ihre große Familie war fürsorglich. Es erinnerte sie an Denise Epstein, die sich sehr dankbar darüber äußerte, dass sie ihre Familie um sich habe, sie hatte, wie sie schrieb, den Kampf gegen den Krebs verloren.

Morgen würde sie den Abholservice des Künstlerbedarfladens anrufen, denn ins Geschäft durfte man zurzeit nicht. Sie wollte mit Blau malen, einem Mittelblau, das hatte sie nicht mehr. Sie sehnte sich nach einem ausgedehnten Blau. Vielleicht würde sie sogar ein großes, blaues Bild malen. Im letzten Monat hatte sie ein großes, gelbes gemalt, 1,5m mal 1,1m, es war Zitronengelb, aber auch goldgelbe und andere Gelbvarianten gaben ihr Licht ab, trotzdem wirkte es einheitlich.

Sie hatte bereits früher größere, einfarbige Bilder gemalt, wobei sie im Grunde nicht einfarbig waren, denn es gab Bilder darunter, die man herausfühlte. Unter dem gelben war eine nackte Frau bis zum Beginn der Oberschenkel zu sehen mit einer weißen Taube auf dem Kopf, die Umgebung hatte sie schon vorher gelb gemalt. Unter diesem Bild war das Bild der vielen Köpfe mit einem in der Mitte hervorgehobenen Kopf. Sie hätte nicht gedacht, dass sie dieses Bild einmal antasten würde. Es war 23 Jahre alt, und plötzlich hatte sie die Köpfe übermalt.

Jetzt mit dem blauen Bild, das sie malen wollte, war es Absicht, sie hatte von Anfang an das Ziel, ein einfarbiges, blaues Bild auf dem darunterliegenden zu malen. Die Farbe der Sehnsucht, der Tiefe, der Einsamkeit. Es kam auf das Blau an, auf den Ton. Ein Hellblau würde ihr auch zusagen, aber wahrscheinlich musste sie zuerst das tiefe Blau erzeugen.

Die Geschichte mit Nicholaj hatte sich beruhigt. Dennoch hatte sie ihm vor noch nicht allzu langer Zeit geschrieben, dass sie gerne seine Bankdaten hätte, weil sie ihm seinen Beitrag zu den Kosten für das Appartement und den Flug überweisen wolle, obwohl er selbst seine Beteiligung damals 2019 angeboten hatte, aber sie hatte jetzt das Bedürfnis, ihrer beider Geschichte auf ihre alleinigen Schultern zu nehmen. Jedoch antwortete er nicht, schon seit sechs Monaten nicht mehr.

Sie ließ sich immer noch durch ihre tote Mutter verwirren, beeinflussen, die den als junge Frau von ihr geliebten Mann rundum ablehnte. Was willst du mit dem! sagte sie abfällig, von oben herab, als sei sie eine Hure, weil sie sich mit ihm eingelassen hatte ohne, dass er Heiratsabsichten geäußert hatte. Der böse, abfällige, erniedrigende Blick ihrer Mutter, den sie zuweilen selbst annahm, so schien ihr, und auf sich selbst wie auf andere richtete.

Sie legte den Ring, der einst die Liebe von Nicholaj und ihr symbolisierte, zu der unbenutzten sexy Unterwäsche, die immer noch verpackt war. Jedoch holte sie ihn dann wieder aus dem Päckchen heraus. Aber es plagte sie, und sie zerschnitt schon mal die Oberteile.

An der Elbe begegnete er ihr abermals, der Mann mit dem blauen Stein am Hals, der sich von seiner Frau getrennt hatte. Warum sagte er ihr heute, dass er ihr empfehle, einen Hund zu kaufen? Das seien Seelentröster. Sein Hund würde mit ihm in seinem Bett schlafen. Sie hatte ihm kein Sterbenswörtchen von ihren Beziehungen erzählt und dass sie alleine lebte, aber wahrscheinlich machte er sich einen Reim darauf, dass sie immer alleine an der Elbe spazieren ging, was ihm trostlos erschien.

Nach drei Fehlgeburten war Jo wieder schwanger, sogar schon im fünften Monat. Bisher hatte sie es mit künstlicher Befruchtung versucht, dieses Mal mit einer Samen- und Eizellenspende. Die Spenderin kam aus Tschechien und lebte in Helsinki, der Samenspender kam aus Südafrika und lebte in Dänemark.

Im hellhörigen Hausflur erzählte die 86-jährige Nachbarin sehr laut ihrer 82-jährigen Freundin und zugleich Nachbarin, die schwerhörig war, dass sie sich beim Zeitungshändler, wo sie gewöhnlich die „Frau im Bild" oder „Bild der Frau" kaufte, Plastikblumen gekauft habe, denn sie brauche keine frischen Blumen. Und ihre Masken würden in der Schublade liegen, weil sie darunter keine Luft bekäme. Auf dem Balkon dieser Nachbarin hatte sie während der 45 Jahre, die sie hier wohnte, nie eine Pflanze gesehen, nur eine schwarze Taube war auf dem Geländer angebracht, damit sie die echten Tauben vertrieb.

Ein anderer Nachbar, diesmal ein jüngerer, der noch nicht so lange hier wohnte und in der Wohnung, in der I., die mit ihr gleichaltrig war, starb, einen Friseursalon der gehobenen Klasse - da gab es Preise von 400€ - einrichtete und bei seinem Einzug neue Möbel bekam, hatte jetzt einen neuen Fußboden verlegen lassen, obwohl er in eine komplett sanierte Wohnung mit neuem Fußboden eingezogen war, entsprechend kaufte er sich nochmals neue Möbel. Vielleicht war er wie viele andere in Corona Zeit, wie ihr zu Ohren kam, so gut entschädigt worden, dass das möglich war. Manche klagten, dass die Entschädigungen nicht reichten und schleppend kamen - das hörte sie im Radio - , bei anderen schien es Sterntaler zu regnen, man sah nicht selten komplette Neurenovierungen und Neuanschaffungen in Cafés, Gaststätten und anderen Lokalen. Die Schwester, die aus der Wohnung des jungen Mannes kam, sagte, er habe einfach Lust auf ein anderes Design gehabt. Er selbst veränderte sein Outfit auch oft. Wenn man durch das Schaufenster sah, sah man auf ein großes Plakat an der Wand, das ihn selbst in fast Lebensgröße zeigte.

Alle waren sie verschieden in diesem Haus und darüber hinaus.

Im Radio hörte sie ein Konzert von Joan Baez, welches sie im März 2018 in Göteborg gegeben hatte, begleitet von Dirk Powell und ihrem Sohn Gabriel Harries. 80 Jahre wurde die berühmte Folksängerin. Ihre Stimme war im Alter weicher geworden, was sie anrührte. Sie hatte als junge Frau eine wunderschöne Stimme, aber sehr direkt und glasklar.

Das Schanzenviertel war wie ausgestorben. Verständlich, denn es hatte immer von seinen Cafés und Bars gelebt, die jetzt alle geschlossen waren. Sie traf einen Trödler, der auf dem Schulterblatt wohnte und vom Einkaufen kam. Er sagte, dass es ihm sehr gut ginge, denn Deutschland sei prima mit seinen finanziellen Hilfen in Corona Zeiten, er hatte eine dicke Entschädigung bekommen. In ihrem Kurzgeschichtenband „Dreiklang" hatte sie eine Geschichte über ihn geschrieben, bzw. über die Geschichte, die er ihr zu dem Schlitten erzählte, den er gerade auf seinem Auto befestigte. denn sie waren sich eine Zeit lang häufiger über den Weg gelaufen.

Nachdem sie weitergegangen war, rollte ein Einkaufswagen quer über den Fahrradweg auf die Fahrbahn zu, den sie im letzten Moment stoppen konnte. Als sich der Mann, der jemanden anschnauzte, umdrehte und sah, dass sie seinen Wagen vor einer Kollision mit einem Auto bewahrt hatte, sagte er lächelnd wie selbstverständlich: Dass in ihr gerade ein Engel im richtigen Moment vorbeigekommen sei. Dann ging er weiter, um ein Plakat zu übermalen, auf dem stand: Verlieb dich in ein Ehrenamt. Er ersetzte das Ehrenamt durch etwas, das sie nicht lesen konnte, weil er es verdeckte, während er schrieb.

In ihrem ehemals von ihr häufig frequentierten Café „Unter den Linden", das auch in der Schanze lag und schon Jahrzehnte existierte, wurde offenbar total saniert oder renoviert, altes Gestühl auf einen Haufen gepackt, die Kücheneinrichtung herausgeschafft. Alles wurde neu gemacht. Es war wohl auch nötig und die Hilfsgelder wahrscheinlich eingetroffen.

Unwillkürlich dachte sie daran, dass sie als junges Mädchen während ihres diakonischen Jahres in einer Taubstummenanstalt in Neuwied am Rhein auf dem Friedhof nebenan in ihrer Pause ein verwahrlostes Grab mit ihren bloßen Fingern „harkte". Warum tat sie das? Schon damals fühlte sie sich selbst ohne Fürsorge. Vielleicht auch wegen des Bruchs mit ihrem Vater, der sie zum Teufel schickte, weil sie sich dafür entschieden hatte, denn es gab, statt eines anständigen Verdienstes, wie er es gerne gesehen hätte, nur ein Taschengeld. Ihre Lehrstellensuche war erfolglos geblieben, deshalb sah sie darin eine Zwischenlösung. Es handelte sich doch nur um ein Jahr. Für ihren Vater ein verschenktes Jahr ohne Einnahmen. Dieser Bruch kam nie wieder in Ordnung, denn nach dem diakonischen Jahr ging sie auf eine weiterführende Schule, auf ein Gymnasium und verdiente immer noch nichts, sie lag ihm auf der Tasche, wie er zähneknirschend sagte, weil sie währenddessen zu Hause wohnte.

Sie schnitt sich die Haare etwas kürzer.

Ihren Traum verstand sie ganz und gar nicht. Sie sah mehrere schwangere Frauen, dunkelhaarig, mit dunklem Mantel lose um die Schultern gehängt, auf nebeneinanderstehenden Betten halb liegend sitzend. Alle hatte sie einen Schwangerschaftsbauch und schienen zu warten, Schienen gefesselt, gefangen. Sie konnte mit dem Bild absolut nichts anfangen. Ein Mann beherrschte diese Frauen, war ihr selbst erkorener Eigentümer, der Gewalt über sie hatte, darüber, was mit ihnen passierte. Es spielten auch Nadeln eine Rolle. Waren das Spritzen, die den Frauen verabreicht werden sollten? War das F., der ihr, als sie hochschwanger war, eine Spritze gab? Eine hoch mysteriöse Missbrauchsgeschichte, die sie nie vollends würde aufklären können.

EasyJet hatte zum zweiten Mal ihre Flüge gestrichen. Dieses Mal verschob sie nicht, denn das schon bezahlte Hotel würde das nicht noch einmal mitmachen. Sie überlegte mit dem Zug zu fahren. Die lange Fahrt Hamburg Nizza hatte sie bisher davon abgehalten, obwohl ihr Zug generell lieber war als Flugzeug, schon wegen dem CO_2. Sie würde sich nach der besten Verbindung erkundigen. Ließ es Nikolaj wissen, wenngleich ihn das vermutlich gar nicht mehr interessierte.

Das Schöne war, sie hatte eine Eintrittskarte für nächsten Montag ins Bucerius Kunstforum kaufen können. Es gab eine Georges Braques Ausstellung in Zusammenarbeit mit dem Centre Pompidou in Paris. Eine Stunde würde sie sich im Museum aufhalten dürfen. Wenn nicht ein verschärfter Lockdown dazwischenkäme.

Beunruhigend war der rote Fleck auf ihrer rechten Schulter, es war auch etwas dick an der Stelle. Vielleicht eine Entzündung darunter. Die Seite tat ihr sowieso sehr weh, seit sie beim Zahnarzt die stundenlange Sitzung gehabt hatte, währenddessen sie den Kopf zur rechten Seite neigen musste mit aufgesperrtem Mund und vielen Betäubungsspritzen.

Insgesamt war sie schwächer geworden und kam darüber nicht hinweg.
Sie dachte an das Bockspringen im Turnunterricht der Schule. Der Reihe nach mussten sie auf den Bock zulaufen, die Hände aufsetzen, die Beine spreizen und drüber springen. Das schaffte sie nicht, sondern hielt jedes Mal vor dem Bock an und kehrte gedemütigt zurück. Sie meinte in der Rückschau, keine Kraft in

den Armen und Händen gehabt zu haben. Damals wusste sie nicht, warum sie sich nicht traute, nicht den Mut hatte. Sie konnte auch nicht den Handstand, da mussten die Arme ebenfalls stark sein und den Körper hochbringen sowie ihn im Gleichgewicht halten. Natürlich war ihr genauso wenig das Radschlagen möglich.

Inzwischen waren ihre Arme noch schwächer geworden. Das erlitten wohl viele, die im Alter angekommen waren und es durchwanderten.

Die Erinnerungen kamen wie sie wollten. So fiel ihr plötzlich jemand ein, der ihr von heute auf morgen den Laufpass gegeben hatte, als sie junge Frau war. Es war ihr ganz und gar nicht in den Sinn gekommen, seinem Wunsch, keinen Kontakt mehr zu ihr zu wollen, zu widersprechen.

Jetzt aber, im fortgeschrittenen Alter, fiel es ihr überaus schwer, so alleine gelassen zu werden. Es war doch das oder?

Im Laufe des Lebens hatten sich die Kontakte ausgedünnt, man war gegenseitig enttäuscht. Bei einigen hatte sie noch lange Zeit gekämpft, bei anderen nicht.

Aber von Nicholaj kam sie nicht wirklich los. Sie war dazu übergegangen, ihm ab und zu in einem schlichten Stil etwas zu schreiben, nichts Persönliches, sondern etwas wie: Heute ist Frühlingsanfang. Sie vermied jede Anrede, jeden Gruß, jede Frage, denn soweit war sie immerhin gekommen, dass sie auf einen Dialog verzichtete. Es war jedoch seine Mail-Adresse, die mittig über der

Tastatur auf ihrem Smartphone immer lesbar da war, die sie nicht löschen konnte, es sei denn, sie würde ihr Smartphone zum dritten Mal resetten. Vielleicht käme das noch. Sie schrieb von Tatsachen, fragte aber nicht nach seiner Meinung oder seinem Befinden wie früher, denn irgendwann hatte er aufgehört, darauf zu antworten.

Sie wollte auch gar nicht hören, dass es ihm und seinen drei Frauen, seiner Mutter, seiner Tante, seiner Lebensgefährtin, deren Kinder und Enkelkinder miteinander gut ging. Das war, als rammte sich ein Messer in ihr Herz, wenn sie nur daran dachte, dass er ihr seine Lebenswelt verschwiegen hatte, gewiss, sie hätte sich sofort abseilen müssen. Hatte es versucht. War gescheitert. Versuchte es immer wieder. Scheiterte immer wieder. Sie knüpfte eine Hoffnung, nämlich dass er sie an die erste Stelle setzen würde. Aber das tat er nicht. Weigerte sich. Wie er vorgab, habe sie ihn enttäuscht mit ihrem Misstrauen und Ansprüchen. Das ließ sich leicht sagen in seiner Lage. Und doch warf es sie zurück auf ihre Persönlichkeit, die ihr auch zum Problem wurde. Sie warf sich vor, was er ihr vorwarf. So aber löste sie sich nicht von ihm, sondern verharrte in ihrer Einsamkeit, die ihre Depressionen verstärkte, obwohl sie sich darüber nicht sicher war. Vielleicht war Einsamkeit genau der Status, in dem sie leben musste, selbst, wenn sie darunter litt, war es vielleicht der einzige, der ihr adäquat war.

Sie wusste nicht, ob sie im Mai mit dem Zug nach Nizza fahren würde, sie hatte die ganze Nacht damit verbracht, nach guten Verbindungen zu suchen, außerdem war sie in zwei Bahnhofs-Reisezentren gewesen. Aber es war eben eine lange Strecke. Würde sie es aushalten, über so viele Stunden die Maske zu tragen, und würde sie es in Paris schaffen, in der vorgegebenen Zeitspanne vom Gare de l'Est zum Gare de Lyon zu kommen? An den Ticketautomaten waren normalerweise Schlangen, wenn die Züge ankamen, und sie müsste sich auf dem Display zurechtfinden.

Dennoch hatte sie den Wunsch, regelmäßig nach Nizza zu fahren, im Mai und im September. Als wenn ihr das einen Halt gäbe, selbst wenn sie ihn nie wieder treffen würde. Doch hätte sie diesen Lichtblick und Ausblick nicht, wäre es, als ersticke sie. Konnte aber auch Einbildung sein.

Vielleicht würde Nicholaj ihr unsichtbarer, stummer Begleiter, dann wäre sie nicht alleine, auch wenn es eine Einbildung war. Sie lebte ja schon fast ein Jahr eingebildet mit ihm weiter. Er war wie eine zweite Haut geworden. Möglich, dass es eine Krankheit zu nennen war. Wenn sie lebensrettend war, dann sollte es ihretwegen eine Krankheit sein. Sie trat ja gar nicht in Kontakt mit ihm, da sie nur von sich und neutral schrieb, sich nicht an ihn wendete, um Antwort bat wie früher. Sie blieb bei sich und gleichzeitig wandte sie sich an ihn, an seine Email-Adresse.

Sie schrieb ihm, dass sie just in der einen Woche der Corona-Lockerungen ins Museum gegangen war und Georges Braques gesehen hatte, eine Ausstellung in Zusammenarbeit mit dem Centre Pompidou in Paris.

Obwohl sein allseits bekannter Stil immer zu erkennen war, bis auf wenige Ausnahmen, nahm sie eine Vielfältigkeit wahr und große Sensibilität.

Sie waren im 3. Lockdown angekommen, die Lockerungen wurden zurückgenommen. In den Nachrichten hörte sie, dass auch in Paris, auch in Nizza Lockerungen zurückgenommen wurden. Dort waren die Geschäfte allerdings im Gegensatz zu Hamburg tagsüber geöffnet gewesen.
Ob sie wollte oder nicht, sie musste zur Ärztin, die ihr Krankengymnastik verschrieb, denn sie hatte starke Muskelschmerzen auf der rechten Seite ihres Halses, die bis hoch in den Kopf zogen.

Sie war schon in Paris gewesen. Hatte sich dort aufgehalten, war an die Seine gegangen, wo sie am Ufer auf eine durchlöcherte Skulptur getroffen war, hatte Notre Dame besucht, das blaue Fenster, das wunderschöne Blau der Rosette nie vergessen, hatte Ted getroffen (aus dem Buch „Besuche in Dublin"), den englischen Maler, bevor sie weiterfuhr. Sie hatten Kaffee getrunken, währenddessen hatte er sie „beauftragt", in Hamburg für ihn eine Galerie ausfindig zu machen, die seine Bilder ausstellen würde. Ihr Reiseziel galt damals vor 20 Jahren Montpellier, wo And. mit ihrer Familie lebte. Sie hatte And. spontan beherbergt, als diese ihr in Hamburg bei einem zufälligen Zusammentreffen beschrieb, dass sie unter ihrer Gastgeberin in litt. Deshalb hatte sie ihr angeboten, die restlichen Tage bei ihr zu wohnen. Aus Dankbarkeit lud sie sie nach

Montpellier ein. Sie kannten sich vorher gar nicht. Bei einem Spaziergang sah sie die fremde Frau unter ihrem Lieblingsbaum stehen, und sagte ihr das. So kam der Kontakt zustande. And. war eine kleine, schwarzhaarige Argentinierin, die mit einem Franzosen zusammenlebte. Aber sie bekam mit, dass sie depressiv war und Ampullen leerte, die mit Antidepressiva gefüllt waren. Sie tat alles Erdenkliche, um gegen die Depressionen anzukämpfen, ging morgens vor ihrer Arbeit als Übersetzerin schwimmen, ging ihrer Arbeit nach, kümmerte sich um ihre Tochter, in dessen Zimmer sie wohnte, während diese bei ihrem leiblichen Vater schlief oder in einem anderen Zimmer dieser sehr großen Wohnung.

Wahrscheinlich war das Umsteigen in Paris deshalb kein Problem gewesen, weil es damals noch einen Nachtzug von Hamburg nach Paris gab, der gegen Mitternacht losfuhr und morgens gegen sieben Uhr in Paris ankam. Da konnte sie dann noch zum Centre Pompidou, bevor sie den Zug nach Montpellier bestieg. Sie hatte eine gute Erinnerung an Montpellier, an die ältere Dame mit dem Hennarot gefärbten Haar, die sie auf dem Weg nach Palavas, am Meer gelegen, traf, wohin diese gezogen war, weil ihr Vermieter ihre Stadtwohnung beziehen wollte und ihr die Wohnung am Meer dafür anbot.

Aber jetzt gab es diese praktische Verbindung nicht mehr, die Umsteigezeit war knapp und ihr grauste davor. Aber sie wollte es als Herausforderung nehmen.

Rührte das Verhältnis zu Nicholaj an jenes mit dem alten Mann, dem Knecht auf dem Hofe ihrer Eltern? Der ihr täglicher „Zufluchtsort" war? Denn sie hatte keinen anderen Ort, keine Ansprechpartner, alle waren immerzu beschäftigt, so dass es immerfort „Geh aus dem Weg!" hieß. Nur der alte Mann erwartete sie. Nahm sie es als Zuneigung? Als einzige Zuwendung, die sie durch alle anderen entbehrte. War er der Einzige, der lächelte, wenn sie kam, sich freute, auch wenn es nur um seine Gelüste ging, aber dennoch lächelte er sie an und berührte sie. Hatte sie keinen anderen Zugang zu Menschen? Sie wusste nicht, was Würde war. Dass es würdelos war, was geschah. Dass sie ihm nichts bedeutete, außer dass er sich an ihr vergehen konnte, und sie nahm es als einzige Zuwendung, die möglich war. So existierte sie.

War sie nicht gegenüber Nicholaj in dieselbe Rolle gerutscht? Bettelte sie nicht um seine Zuneigung?
Sie wollte geliebt werden. Er wollte, dass sie zusammen Spaß hätten.

Sie kämpfte, sie wollte nicht in die Einsamkeit zurückfallen. Doch immer mehr kam es ihr so vor, als könne sie ihre Einsamkeit annehmen, als gehöre sie zu ihr, als würde sie nicht mehr unter ihr leiden und zusammenbrechen, sondern als schäle sie sich als eines ihrer Wesensmerkmale heraus. Sie hoffte nicht, dass sie sich das einbildete, um ihr Leid abzuschwächen.

Sie hatte blaue Ölfarbe bestellt, die sie heute früh abholen konnte. Sie würden die Tube mit Rechnung herausreichen, denn die Geschäfte selbst durfte man nicht mehr betreten. Der Chef, so hatte sie letztens festgestellt, ein ehemals schlanker Typ, war kräftig aus dem Leim gegangen. Sie wusste über einen damals Bekannten, dass er Probleme in seiner Ehe hatte, ausgezogen war, aber dann kamen sie wieder zusammen, und es war erneut schief gegangen. Das konnte zu einer körperlichen Veränderung würden, zu einem Schutzwall aus Fett.

Es erinnerte sie an den Anthroposophen, der auch einst ein wirklich spindeldürres Männchen gewesen war und dann, als sie ihn nach zwei Jahrzehnten wieder sah, so viel Fett um sich angesammelt hatte, dass sie abgestoßen war und erschrocken. Auch dahinter verbarg sich eine Beziehungsgeschichte und jetzt sollte sein Fett ihn schützen.

Vielleicht war ihr Schutz die Einsamkeit, in die sie sich schon früh zurückzog. War es so? Es waren alles Möglichkeiten. Wie es wirklich zusammenhing, wusste sie nicht. sie schrieb und schrieb, um die wahren Zusammenhänge zu sehen. Manchmal glaubte sie sich anzunähern, um dann doch zu begreifen, dass es ihr nicht gelang.

Müsste sie nicht wie es eine ehemals Bekannte nach einer Trennung gemacht hatte, ihr Herz öffnen, statt es zu verschließen? Wie machte man das?

Die Bekannte hatte ziemlich schnell einen neuen Partner, aber sie war ja auch vorher lange verheiratet gewesen und hatte Kinder. Als wenn das eine Rolle spielte, dass die Erfahrung da war im Leben, dass es schon einmal gut gegangen war, dass die Erfahrung des Vertrauens schon einmal gemacht wurde und sicher verankert war in der Persönlichkeitsstruktur.

Es war auf der Rückfahrt von Montpellier über Paris. Sie wusste nicht mehr, was es für eine Zugverbindung gewesen war, aber sie traf den englischen Maler in aller Ruhe in seinem Pariser Atelier, in dem er sich verschanzt hatte und es ihr schwer machte, ihn zu finden. Sie wusste nicht, was er für Erfahrungen gemacht hatte abgesehen von der Beziehung zu seiner Exfrau, die gewalttätig gegen ihn geworden war, aber er schien Angst zu haben, dass sie ihn anspringen würde. Er hatte draußen jemanden postiert, der die Lage beobachtete und ihn verständigte, als sie auf das Haus zuging. Da sie nicht in das Haus reinkam, fragte sie in einem Laden nebenan. Die Person erklärte ihr einiges, so stapfte sie also die Treppen hoch und fand keine Namen. Sie klingelte sich durch. Schließlich öffnete sich eine Tür, eine junge Frau sah sie fragend an, hinter der Frau ein Bild von Ted auf der Staffelei, die Frau hatte einen Pinsel in der Hand. Sie verwies sie auf eine andere Tür. Da endlich öffnete er die Tür, sie blieb draußen stehen, denn sie bemerkte seine Unsicherheit, aber er bat sie dann doch hinein, sie verhielt sich sehr zurückhaltend, kommentierte seine Bilder, bedankte sich und wendete sich zum Gehen, als er anbot, sie könnten im Café einen Cappuccino trinken. Okay. Nun ja, er nutzte es, um sie zu „beauftragen" für ihn die Hamburger Galerien abzuklappern, was sie tat.

Sie würde vielleicht ihren Nizza Urlaub in den Sand setzen, denn Nicholaj würde sich nicht mehr melden, auch nicht, wenn sie in Nizza wäre und die Museen, die für sie immer der Anreiz waren, eine Stadt zu besuchen, hatte sie alle besichtigt, es war nichts Neues zu erwarten, eventuell würde es im Museum für Moderne Kunst eine Sonderausstellung geben, ob diese dann interessant wäre, blieb dahingestellt. Aber sie hatte nicht den Wunsch, nochmals Chagall zu sehen, Matisse, das Museum der Beaux Art mit den alten Gemälden, den Künstler Legeres, sie wollte auch nicht nochmals ins entfernt gelegene Maeght in St. Paul de Vence, wo sie Miro gesehen hatte, der ihr nicht lag, und auch Picasso in Antibes zog sie nicht nochmals an, ebenso Volti in Villefranche.

Vielleicht sollte sie stattdessen in die nordischen Metropolen fahren, ihre Museen besuchen. Allein in Oslo war sie gewesen und hatte Edward Munchs große, dunkelbraunen Bilder im Städtischen Museum bewundert, die alte Frau, die auf dem Bettrand saß, das kranke Mädchen. Im Museum außerhalb von Oslo hatte sie die großen Kartoncollagen und auf Plexiglas gemalte Bilder von Sverre Wyler interessant gefunden. Letztendlich blieb nur wenig übrig von dem Gesehenem, das sich in ihr festsetzte. Sie erinnerte sich an die große MoMa Ausstellung in Berlin, in der sie das riesengroße Monet Bild mit den Seerosen fasziniert hatte sowie die Gerhard Richter Bilder zur RAF. Es blieb nur ein Bruchteil bei ihr hängen. Gewiss, das hatte sie jeweils für den Moment geprägt. Mehr war wohl auch nicht zu erwarten. Wie und ob diese Bruchteile sie weiterhin beeinflusst hatten, wusste sie nicht, aber sicherlich taten ihr die Schwingungen gut, die sie in Gang gesetzt hatten. Wenn sie vor einem Bild stand, lebte sie für einen Moment. Sie dachte auch an die Bilder in Dublin, allerdings hatten sie die Bilder von Francis Bacon in der Städtischen Galerie abgestoßen, andere Ausstellungen dort mochte sie hingegen und erinnerte sich auch, genauso wie an die Ausstellungen auf der O'Connel Street. Merkwürdig, dass Hamburg so etwas nicht einfiel, der Jungfernstieg wäre doch geeignet. Aber Hamburg war eben hanseatisch, hieß, mitunter schwerfällig. Auf das Irish Museum of Modern Art in Dublin war sie jedes Mal gespannt, auch wenn ihr jetzt nichts mehr einfiel, was in ihr nachhallte bis auf einige künstlerische Filme, die sie sehr anzogen hatten. Filme, die keinen Sinn erkennen ließen und trotzdem faszinierten, gerade eben durch die sinnlose Bewegtheit und Schönheit.

Gerade gestern hörte sie im Radio von der Andreas Gurszky Ausstellung in Leipzig, wo er geboren wurde, später lebte er in Düsseldorf. Er erzählte von seinen riesengroßen, detailreichen Bildern, von denen sie manche gesehen hatte und auch gut fand. Hier ging es um ein Bild, auf dem ein unfertiges Kreuzfahrtschiff zu sehen war mit einem Mann auf einem „Balkon", der dem Betrachter den Rücken zuwandte und ein blau verklebtes Fenster. Denn es war ja alles noch nicht fertig, sondern im Werden.

Sie hatte in den letzten Tagen mit den blauen Bildern begonnen. Acryl auf Papier, 85 x 65 cm. Sie goss direkt aus der Flasche, dann verdünnte sie mit

Wasser. Das erste war frei, ohne Absicht, beim zweiten vollführte sie Schlaufen, beim dritten und vierten versuchte sie sich mit einer Spirale. Vom gestrigen Elbespaziergang streute noch den Sand vom Elbstrand hinein.

Damit wäre erstmal Schluss, denn nun kämen zwei kleine Leinwände an die Reihe, die sie vollkommen mit blauer Ölfarbe bedecken wollte.

Ja, es war merkwürdig, sie hatte das Bedürfnis, mit blau zu malen. Es war immer schon vorgekommen, aber man konnte nicht sagen, dass es ihre bevorzugte Farbe war. Aber jetzt musste eine Portion Blau hinaus aus ihr, sie sich im Blau spiegeln, in Blau eintauchen, sich in Blau verlieren und blaugetränkt zurückkehren in die Realität, die bunt war.

Im Bus zur Elbe las sie auf Französisch von Georges Simenon die Krimis der Agence 0. Die Krimis waren leicht und auch der Schreibstil. Buslektüre eben.

Der Mann stand an der Bushaltestelle in Övelgönne und hielt seine Arme ausgebreitet, während er in die Sonne schaute. Sie meinte, dass er wohl die Sonne auffangen wolle. Das wollte er, denn morgen sollte es schon wieder schlechtes Wetter geben, Regen und graue Wolken. Sie schätzte ihn in ihrem Alter, vielleicht sogar ein paar Jährchen älter, jenen Mann, der regelmäßig seine Strecke bis zur Strandperle lief, wie er sagte und das seit 13 Jahren. Wahrscheinlich war er damals hierhergezogen, mutmaßte sie. Gestern erzählte er, dass er Vorträge hielt über CO_2 Gerechtigkeit und dass sie auf der Plattform Zoom zuhören und sich beteiligen könne, wenn sie interessiert sei. Nächstes Mal wolle er ihr die Adresse geben.

Sie hatte jetzt doch Flüge gebucht, denn das mit dem Zug hätte sie zwar gerne gemacht, aber 24 Stunden mit Maske und ungenügendem Abstand zu anderen Mitreisenden, das konnte sie sich nicht vorstellen zu überstehen.

Ren. vom Appartement hatte sich für die neuen Daten im Juni, denn dann flog EasyJet wieder, bereit erklärt, vorausgesetzt EasyJet würde wegen der Pandemie nicht erneut annullieren. Es war alles kompliziert. Ab Dienstag müssten Rückreisende, egal woher sie kämen, einen Negativtest vorweisen, wenn sie mit an Bord wollten, ansonsten müssten sie sich für 14 Tage Quarantäne ein Hotel suchen und wie den Test selbst bezahlen. Wenn das bis zum 17.Juni immer noch die Auflage wäre, könnte sie nur auf Glück hoffen, dass sie negativ getestet würde.

Dann ergab sich das Problem, dass die Hotelbuchung nicht klappte, es stellte sich bei der Bank heraus, dass ihre Karte ungültig war. Es musste also eine neue beantragt werden. Es konnte sein, dass sie die falsche Karte entsorgt hatte, als die Bank ihr eine neue geschickt hatte damals.

Sie holte den Fotoband ab, der in der Buchhandlung eingetroffen war. Die Bilder waren wirklich sehr schön gedruckt, Sie hatte das Auge, das sie in einem Film fotografierte, der im Irish Museum of Modern Art in Dublin gezeigt wurde, als Bild für das Cover gewählt. Aber ob sich jemand dafür interessieren würde, blieb dahingestellt, denn bis auf ihre Rundmails machte sie keine Werbung. Mehr wollte sie nicht. Und könnte sie auch nicht vertragen.

Ihre Schwester schrieb, dass sie ihr Auto verkauft hätte. Es war ein pompöses Auto mit vielen bunten, leuchtenden Knöpfen, dass sie erst ein paar Jahre fuhr. Sie erinnerte daran, dass sie 1973 Führerschein gemacht hätte und seitdem Auto fuhr. Dass es für sie Freizeit gewesen sei mit drei Ausrufezeichen. Hieß das, dass sie davon ausging, dass sie kein Auto mehr fahren würde?
Sie schrieb, dass die Werte zu schlecht seien, um eine Immuntherapie zu beginnen. Sie setze jedoch die Strahlentherapie fort und dann mal sehen, so schrieb sie.
Sie hatte den Magenkrebs besiegt, aber nun war ohne Pause der Knochenkrebs hinzugekommen.
Sie hatte auch vor einiger Zeit, sie wusste jedoch nicht mehr zu sagen, ob es vor ihrer Krebserkrankung oder währenddessen war, geschrieben, dass sie für sich und für ihren Mann alles mit einem Beerdigungsinstitut geregelt und bezahlt hätte.

Sie war überrascht, dass sie mit einem Traum aufwachte und dieser ihr viel Wärme brachte. Sie hatte eine Verabredung mit L, dem sie noch etwas zu sagen hätte. Er war einverstanden. Seine Sekretärin ging derweil in einen anderen Teil der Lokalität. Sie bot an, eine halbe Stunde spazieren zu gehen, aber dann blieb sie doch zwischen Tür und Angel stehen und begann zu reden. Er hörte ihr aufmerksam zu, hatte sich dabei hingesetzt wie auf eine Treppe. Die Frage, die sie ihm beantwortete, war, wie es weitergegangen war. Wie war es weiter gegangen? Hatte sie die Frage gestellt oder er oder beide. Worum ging es? Ging es um sie beide oder um etwas anderes, was zurücklag, sie redete viel und warmherzig, er nickte, sagte oder fragte auch mal etwas. Sie erinnerte sich daran, dass es um Lessings „Nathan der Weise" ging, um die „Ringparabel". Um „Der kaukasischen Kreidekreis" von Bertold Brecht. Um die beiden Mütter, die beide das Kind für sich beanspruchten. Sie sollten es beide aus dem Kreidekreis herausziehen, beide an den Armen des Kindes ziehen, die eine an einem Arm, die andere an dem anderen. Die stärkere, die es schaffen würde, das Kind zu sich zu ziehen, wäre dann die richtige Mutter. Sie waren bereit. Doch als es ans Ziehen ging, gab eine der Frauen auf, denn sie wollte dem Kind nicht den Arm abreißen. Die andere Frau freute sich zu früh, denn der Richter entschied, dass die Fürsorge der anderen Frau, die darauf verzichtet hatte, dem Kind Leid anzutun, dass sie die wahre Mutter des Kindes sei.

Genau das war es, was zu der Vergewaltigung geführt hatte, die mangelnde Fürsorge, die Entbehrung einer warmen Umarmung. So meinte sie. Die Mutter hatte sie aus eigenen Nöten heraus alleine gelassen, nicht fürsorglich versorgen können. Sie umarmte ihr Kind nicht. Sie behauptete später, bis zu seinem 10. Lebensjahr würde ein Kind nicht merken, was vor sich ging, was ihm angetan würde. Sie war aus eigener Not heraus diesbezüglich eine kalte Frau. Als sie das als Erwachsene einmal zur Sprache brachte, sagte die Mutter, dass es bei ihnen nicht üblich gewesen sei, Körperkontakt zu haben, sich zu umarmen.

Sie glaubte, dass es diese Umarmung war, die ihr immer gefehlt hatte, der wärmende, sie umfangende Körper. Ihre Mutter hatte diesbezüglich ihre Fürsorgepflicht verletzt, sie war der Meinung, diese bestehe nur aus Sauberkeit und Ordnung. Wegen der Nachbarn. Die das verfolgen könnten.

Fürsorge, sagte sie, und so kam sie auf den kaukasischen Kreidekreis. In dem Traum redete sie auch noch von anderem, aber daran erinnerte sie sich nicht mehr genau, vielleicht waren es die Stufen von Herman Hesse, dass jedem Anfang ein Zauber innewohne.

Wie verabschiedete sie sich von L.? War es eine Umarmung? Damals hatte sie sich gegen seinen großen Körper fallen lassen, er war danach verstört, denn er hatte ihre Wärme gespürt, ihr ehrliches Verlangen. Es war kein explizit sexuelles Verlangen, aber ein Verlangen, einzutauchen in eine Einheit. Er konnte das damals nicht wissen und bot ihr an, zweimal in der Woche miteinander zu schlafen. Aber das lehnte sie ab. Sie hatte Verlangen nach Körperwärme, nach Umarmung, nach beschützt werden, nach Verschmelzung, nach Selbstauflösung. Sie konnte es nicht ausdrücken. Durch die Vergewaltigung war alles, jeder Kontakt sexualisiert worden. Es gab nur das eine. Der andere Bereich, der ganz große Bereich, in dem es ums Kuscheln ging, um Zärtlichkeit, um Schutz, um Fürsorge, um Zuneigung und Liebe, diesen Bereich des Lebens hatte sie nie kennengelernt. Vielleicht wäre das Heimat gewesen?

L. verstand sie in ihrem Traum, nachdem sie sich erklärt hatte, von sich als Menschin gesprochen hatte, von ihrem Wunsch nach Fürsorge, Daseinsschutz. Vielleicht hing es auch mit ihrer Entwurzelung zusammen, ihrem Flüchtlingsstatus?

Sie hatte gestern ihrem Sohn die Fotos beschrieben, die sie noch von ihm hatte, angefangen von dem Taufbild, auf dem sie ihn auf dem Arm hielt in der Mitte ihrer Eltern, dann war er auf dem Arm ihrer Mutter und daneben der Vater und Frau Schi.-Slei., die englische Taufpatin, ihre Englisch Dozentin, auf der anderen Seite ihre Mitschülerin Ju. mit ihrem Freund und späterem Ehemann, Ju., die vor ein paar Jahren gegen einen Baum fuhr und gestorben war. Es ging weiter mit einem Foto, auf dem ihr Sohn in einem Kinderstuhl neben dem Gasherd saß und mit Engagement versuchte, die Brennköpfe und Deckel abzuschrauben.

Bevor sie mit dem Traum aufwachte, war sie abends mit einem Erinnerungsbild aus der Elternwohnung eingeschlafen, das sie lange verwunderte. Sie sah ihre Schwester unter ihrem Mann liegen. Nur zu sehen war er, der den Kopf hob, als sie die Tür öffnete, denn sie ahnte nicht, dass ihre Schwester Besuch hatte. Ihre Schwester war komplett unter der Bettdecke verschwunden. Sie schloss leise die Tür. Jetzt fragte sie sich, was das Erlebnis mit ihr gemacht hatte? Er war ein „Einbrecher". Sie wusste damals noch nicht, was Geschlechtsverkehr war, obwohl sie wahrscheinlich schon 15 oder 14 gewesen sein mochte. Aber dass etwas sehr Intimes vor sich ging, etwas, worüber man nicht sprach, das Gefühl hatte sie schon. Später sagte die Mutter, dass er ihr extra ein Kind gemacht hätte, damit er in ihre gute (besser gestellte) Familie einheiraten könne.

Ihre gute Familie, die besser war als andere, sie sagte mehrerer solcher Dinge wie etwa, dass es in ihrer („reinen") Familie so etwas („Böses") nicht gäbe, als sie erfuhr, dass die Mutter des Mannes ihrer Enkeltochter Krebs hatte. Dann in hohem Alter, drei Wochen vor ihrem Tod, wurde bei ihr selbst ein Gehirntumor entdeckt, denn sie war umgefallen und ins Krankenhaus gekommen. Als sie die Diagnose hörte, sagte sie: „Das habe ich nicht verdient!" und nun hatte ihre Tochter Krebs, die sie mit der Bezeichnung „Erstgeborene" immer ein Stück höherstellte. Auch ihre Einstellung gegenüber Juden beinhaltete diese Erhöhung und Niedrigstellung. Sie behauptete, dass es keine gäbe (sie hatte sie entsprechend dem Faschismus, in dem sie groß geworden war, im dritten Reich, einfach eliminiert in ihrem Kopf, in ihrem Denken und Fühlen, Millionen von Juden ausgelöscht und dass sie auch gar nicht wüsste, was das sei, ein Jude, nie gehört, was für ein Ding war das.

Das musste man erstmal überbieten. Sie lief damals weinend aus dem Zimmer, als ihre über 70-jährige Mutter so schamlos sprach. Sie fand auch, dass sie, die Deutschen, den Krieg hätten gewinnen müssen, dass es anders gekommen war, empfand sie ungerecht und wie eine persönliche Kränkung.

Sie dachte an ihr Verhältnis zu Nicholaj. Wieviel war da von ihrer Mutter drin? War es nicht auch so, dass sie seine Haltung ihr gegenüber als ungerecht und kränkend empfand und dabei seine gekränkten Gefühle aus dem Blick ließ, die dazu führten, dass er sie nicht mehr sehen wollte?

Ihre Mutter sagte auch, dass der Mann ihrer Schwester, als sie geheiratet hatten und über ihnen im Elternhaus wohnten, geschlagen hätte. Aber gesagt und getan dagegen hatte sie nichts. Denn sie war der Meinung, jede Frau müsse durch einen Anpassungsprozess an den Mann hindurch, der zu diesem Zweck auch handgreiflich werden dürfe, damit die Frau das Gehorchen lerne. Sie selbst schien auch zu leiden, hatte sich aber arrangiert, weil das der gesellschaftliche Wille sei, dass die Frau in Unterordnung lebe, auch wenn ihr Gewalt angetan würde, geschehe es wohl sehr recht, denn es gehöre nicht zum Dasein einer Frau aufzumucken. Deshalb pflegte sie auch nur mit dem Mann eines befreundeten Ehepaares Kontakt, nachdem die Frau sich hatte scheiden lassen. Sie war strikt gegen Scheidung, denn die Frau müsse alles mitmachen und dürfe unter keinen Umständen den Mann verletzen, demütigen, was durch eine Scheidung geschehe. Andererseits träumte ihre Mutter davon, sich ein Auto zu kaufen, zu reisen, wenn sie durch einen Todesfall ihren Mann, den sie zuweilen „Gottsblaut"

(Gottesblut) nannte, verlieren würde und sie frei wäre. Sie sähe ja, wie schön es den verwitweten Frauen gehe, die jetzt ihr Leben genössen. Sie vergaß die alleinstehende Mieterin im Haus, die jeden Tag weinte, weil sie allein war, Witwe, und damit nicht klarkam, in Depressionen verfiel, als ihre Eltern ihr kündigten, denn die schwangere Schwester, die nun geheiratet hatte, sollte die Wohnung bekommen, die noch ausgebaut und modernisiert würde.

Sie war schnell nochmal einkaufen und machte mit ihrem mousse au chocolat Becher Halt an der Binnenalster, wo jede Bank besetzt war, alle aßen, tranken. Als sie saß, bemerkte sie, dass zu ihren Füßen eine tote Taube Platz genommen hatte. Sie blieb dennoch sitzen und löffelte ihr mousse au chocolat. Das war doch abgeschmackt.

Auf Deutschlandradio Kultur hörte sie ein schönes Lied von Mira Lu Kovacs „stay a little longer". Sie bekam gerade noch ihre letzten Sätze zu hören, in denen Mira sagte, dass, auch wenn es einem schlecht ginge, man noch etwas warten sollte mit einem Abschied, denn morgen könnte schon ein anderer besserer Tag sein. Das sagte Nicholaj auch oft und sie unterdessen auch.

Sie hatte den bedeutungsvollen Ring, den sie gekauft hatte, weil sie meinte, er repräsentiere Nicholajs und ihre Liebe, mit ihren anderen Ringen kombiniert, fotografierte jede Kombination und schickte die Bilder an Nicholaj, vielleicht meinte sie, dass sie in der Beziehung an Selbstvertrauen gewonnen hätte und deshalb ihn mit ihren eigenen Ringen kombinierte oder es sprach von Loslösung.

Wenn sie wieder in Nizza wäre, wollte sie ungern alleine sein und schrieb an die Stadt, die auf ihrer Seite neun Rundgänge in Nizza und Umgebung aufführte, die man als pdf ausdrucken konnte. Sie dachte, es wäre ideal, wenn man sich dafür anmelden könnte. Aber als Antwort erhielt sie nur die Information, sich an die Touristen Information zu wenden.

In der Nacht war sie von der sanften und zarten Haut von Nicholajs Körper überrascht worden. Er war so nah, die Haut so warm und zärtlich. Doch dann wehrte sie sich vehement in diese Erinnerung hineinzugehen, sie wollte mit dem Mann nicht mehr zusammen sein, der so viel Leid mit sich gebracht hatte, der sie verstoßen hatte, der sie fallengelassen hatte…..la peau douce.

An der Elbe in Övelgönne wunderte sie sich über die aufwendigen Restaurierungen, Sanierungen der Restaurants. Auch in der Stadt war es ihr aufgefallen, und sie brachte es nicht mit den so gut wie ausschließlich negativen Nachrichten im Radio zusammen. Trotz der Geldausschüttung war es immer noch zu wenig, hieß es, aber wieso konnte dann so viel und aufwendig renoviert werden? Sie blickte da nicht durch.

Es gab auch zumeist deprimierende Nachrichten über die „eingeschlossenen" Kinder, aber hier liefen sie tagtäglich johlend und spielend herum, auch die Spielplätze waren voll. Sie sah auch im Park viele Jugendliche in Gruppen, die schnatterten und zusammenhingen. Sie brachte die Radionachrichten und das, was sie täglich sah, einfach nicht zusammen.

In Altona erfreute sie sich an dem Akkordeon Spieler – ein Rumäne? - der so interessant sein Instrument bediente. Wehmut trug sie mit sich. Aber in den letzten Tagen hatte er sich auf mainstream umgestellt, spielte langweilige Schnulzen, sie ging vorbei.

Sie hatte nach einigen blauen Bildern nun ein rotes einfarbiges auf einem früheren Bild von 1995 gemalt, es war also 26 Jahre alt. Sie erinnerte sich, dass sie die Inderin Jasmin mit ihrem langen, schwarzen Haar und weißer Kleidung porträtiert hatte, die mit ihr zusammen in der Sprachenschule gearbeitet hatte. Aber sie fand das Bild nicht gelungen und kratzte die Farben wieder ab, wodurch interessante Strukturen entstanden waren. Sie hatte es immer für würdig empfunden, aber jetzt sah sie, dass die Farben ausgelaugt waren, was ihr nicht behagte, und sie hatte Lust auf Rot. Es entstand ein sanftes und doch starkes rotes „Portrait" Bild.

Ach nein, das stimmte nicht, denn es entstand ein weißes Bild darauf und zwar nach! dem roten, das rote war auf einem Bild entstanden, das von Anfang an abstrakt gewesen war, mehrere Wandelungen durchlaufen hatte.

Das weiße, das stille, weiße Bild war schon beunruhigend. War es wie ein Leichentuch? War es das Licht am Ende des Tunnels? War es der Tod? War es das Nichts und gleichsam Alles? Die Stille war auf jeden Fall angenehm. Das weiße Bild erzeugte Gedanken über Leben und Tod.

Karfreitag. Sie war schon sehr früh an der Elbe. Stand um halb 5 auf. Konnte ganz und gar nicht länger schlafen. Steckte zwei Osterkarten in die Briefkästen für A. und N., die beide im Haus wohnten. Ging rüber zum Haus ihres Sohnes, steckte wieder in zwei Briefkästen Osterkarten, für R. und für das Ehepaar M.. Dann brachte sie den Müll weg und fuhr mit dem Bus zur Elbe.
Es war sehr kalt und viele Jogger unterwegs. Sie ging dem Mann aus dem Weg, der jeden Morgen mit einer Frau unterwegs war und zu späterer Stunde mit einer anderen. Er hatte sie auch einmal angelächelt und „Guten Morgen" gesagt. Sie begegnete auch dem Mann mit der Hündin L. Es war an einer Stelle, an der sie nicht ausweichen konnte wie die letzten Male, denn sie hatte gemeint, dass er ihr auch auswich. Sie redeten übers Impfen. Ausschließlich. Sie wollte nichts Privates reden.
Abends zuvor hatte sie stundenlang nach Zügen gesucht, aber alle waren sehr teuer im Vergleich zum Flugzeug. Abgesehen davon eine lange Fahrt und nur wenige Minuten zum Umsteigen. Es klappte auch mit der Buchung nicht, sie telefonierte sogar mit der Deutschen Bahn. Aber sie sagten, der französische Zug sei noch nicht freigegeben für die Rückkehr. War

ja auch noch zweieinhalb Monate hin. Auf der französischen Webseite kam sie auch nicht weiter. Die Umsteigerei war kompliziert und wenig Zeit zur Verfügung und teuer. Sie war wirklich genervt und deprimiert. Fand, dass es einfach nicht sein sollte.

Zuvor hatte sie auch an Ren. vom Hotel erneut um Aufschub bitten müssen, denn der Impftermin kam ihr dazwischen. Sie wollte nicht sofort nach der Impfung in den Zug steigen und die lange Fahrt mit all den Ungewissheiten auf sich nehmen, sondern wenigstens drei Tage abwarten, ob sie die Impfung gut vertragen hatte. Ren. war inzwischen auch genervt von den Termin Verschiebungen.

Am Ende sagte sie ab. Sie verzichtete auf die Reise, die sie schon bezahlt hatte. Hinzu war auch die sich steigernde Angst gekommen, vor Ort alleine zu sein. Sie spürte nicht mehr den Elan, der noch beim ersten Mal da war, als sie auf Entdeckungstour ging und beim zweiten und dritten Mal, als Nicholaj in ihr Leben getreten war.

Sie schrieb also noch am späten Abend nach stundenlangen Recherchen und Überlegungen ab. Nicholaj würde sich endlich entspannen können, denn sicherlich hatte er die Furcht, dass sie sich über den Weg laufen könnten oder dass sie ihn gezielt suchen und vielleicht provozieren würde.

Sie hatte also alles losgelassen, was sie belastet hatte. Die ganze Anstrengung, Nicholaj umzustimmen, zu einem Wiedersehen zu bewegen, die immer erneuten Buchungen, wenn die Flüge gestrichen wurden, die Unannehmlichkeiten mit Ren. verursacht hatten, und sie würde in dem Appartement mutterseelenallein sein, denn nicht einmal Ste. würde sie treffen, der normalerweise die Kaution einkassierte und mit ihr ein bisschen plauderte. Er wäre wegen Corona nur in Notfällen verfügbar.

Sie erhielt weder Antwort von Ren. noch von Nicholaj.

Ihre Schwester und Han. bedankten sich für ihre Osterkarten.

Iwo. schrieb ihr, dass sie Ende des Monats mit ihrem deutschen Mann nach Polen zurückginge, in ihre Heimatstadt Danzig. Er habe Alzheimer, sei dement. In Danzig lebte ihre Familie, mit der sie sich gut verstanden, in sehr guten Wohnverhältnissen, in Eigenheimen, und würde sie unterstützen. Sie waren sowieso oft dort und hatten eh vorgehabt, dorthin umzuziehen. Er war jetzt wohl achtzig und Iwo. 60. Die quirlige Iwo. schickte ihr immer viel zu viele Videos von Danzig und Zoppot, von sich selbst und ihrer Familie. Es war wie eine Manie. Sie wollte gar nicht überschwemmt werden. Aber durfte sie das sagen?

Fast kein Mensch an der Elbe. Null Grad und keine Sonne, der frische Wind, gegen den sie ankämpfen musste, ließ selbst die Hundebesitzer anderswo Gassi gehen. Als sie Unterschlupf für ihre Kaffeepause suchte, ging das ältere Ehepaar gerade fort. Sie trinken nach ihrem Sport am Strand auch stets ihren Kaffee, allerdings brachten sie diesen nicht mit wie sie seit einiger Zeit, sondern kauften ihn in dem noch für to go geöffneten Strandkiosk. Sie waren recht freundlich, man-frau tauschte einige Floskeln aus. Sie schätzte die beiden um die 60 Jahre.

Vorgestern hatte sie auch Schutz gesucht, vornehmlich, weil Flut war, die bis hoch zur Strandperle kam und sogar in den Eingangsbereich. Es waren einige, die Unterschlupf gesucht hatten, unter anderem der Mann, den sie in der letzten Zeit immer in Begleitung der Raucherin gesehen hatte. Beide hatten Hunde. Aber gestern war sie nicht da. Eine Frau fragte ihn, wo sie sei, und er sagte, heute nicht. Gestern dann stand sie mit ihm allein unter dem Dach. Sein Hund wollte sie anspringen. Aber sie hatte nicht die dafür passenden Klamotten an, deshalb sagte sie nein zu dem charmanten Köter mit durchsichtigem Fell, das wie aufgebauschter Tüll wirkte. Seit zwei Jahren hatte er den Hund. Mit dem er täglich an der Elbe hin und herlief, denn er wohnte hier. Heute hatte er keine Gummistiefel an, sondern er hatte sie gegen Turnschuhe eingetauscht, weil er dachte, nun würde der Frühling kommen. Eigentlich war er ganz sympathisch Er schien ihr verlebt auszusehen, aber vielleicht stimmte das gar nicht. Auch er musste mindestens um die 60 Jahre alt sein. War aber schlank geblieben und hatte etwas jungenhaftes, was sie gerne mochte. Seine Begleitung war etwas pummelig und kleiner. Mit ihr war sie mal wegen des Rauchens aneinandergeraten, als sie vor Monaten, als der Strandkiosk noch geöffnet hatte, mit wenig Abstand nebeneinandersaßen und sie der Zigarettenrauch störte.

Was Nizza anging hatte sie umgeschwenkt und war nun doch wieder auf Kurs. Ren. hatte geschrieben, dass eine Erstattung nicht in Frage käme, auch nicht, wenn sie statt 8 nur 4 Tage bliebe, denn das Appartement sei ja blockiert gewesen durch ihre Reservierung. Ren. hatte ihr geschrieben, dass sie Jüdin sei und bei den Osterfeiern, deshalb hätte sie nicht früher geantwortet. Natürlich schrieb sie ihr, wie schon damals an Denise, die überlebende Tochter der Schriftstellerin Irene Nemirovski oder dem neuen Besitzer des Elternhauses, dass sie zutiefst die Millionen ermordeten Juden beklage. Ren. ging darauf nicht ein, was sie auch nicht erwartet hatte, vielleicht hatte sie sogar schon ihre Offenbarung, im Eifer des Gefechts geschehen, bereut.   Es war ein sensibler Bereich, so hatte sie festgestellt.

Sie dachte an den Krieg, den das faschistische Hitlerdeutschland gegen andere Staaten begonnen hatte mit dem Ziel, sich diese zu unterwerfen, „Deutschland über alles", der faschistische Nationalsozialismus sollte das Individuum verschlingen, mundtot machen, kastrieren, und nur die Herde von brutalen Herrenmenschen sollte überleben und bestimmen. Der Krieg wurde Gott sei Dank verloren, wenngleich sie noch ihre Mutter im Ohr hatte, die gekränkt sagte, wenn wir den Krieg gewonnen hätten…. Die sozialistische DDR war in der Folge entstanden, die Zwangskollektivierungen, denen sich ihr Vater verweigerte und deshalb von Internierung bedroht war. Hals über Kopf, in einer Nacht- und Nebelaktion, wurde die Grenze überschritten. Trotzdem hielt die Mutter an ihrer

Überzeugung fest, dass ihnen, den Deutschen, mit dem verlorenen Krieg Unrecht angetan wurde, denn wenn sie den Krieg gewonnen hätten…. All das gehörte nun auch zu ihr, das faschistische Hitlerdeutschland, der Krieg, der Soldatenvater, die Herrenmenschen, die Millionen getöteten Juden, die Flucht, die Entwurzelung….

Als sie an der Elbe den Sand aus ihren Schuhen herausklopfte, hielt ein Mann mit Fahrrad und aß einen Apfel. Es war ein Pole, dessen Mutter Deutsche war, aber ihm verboten hatte, Deutsch zu sprechen und auch selbst mit ihm kein Deutsch sprach, um sich vor etwaigen Aggressionen der Polen zu schützen. Die Nachwirkung des Krieges. Sie war in den Augen der Polen eine Deutsche, eine Verbrecherin. War aber nicht aus Polen weggegangen, hatte einen Polen geheiratet. Sie starb mit 39 Jahren an Zucker. Er heiratete seine Frau mit 19 Jahren. Nach 40 Jahren Ehe bekam sie Bauchspeichelkrebs und starb vor drei Jahren. Während er erzählte, kamen ihm die Tränen. Sein um 16 Jahre jüngerer Bruder starb im Alter von 42 Jahren, er habe im Bergbau gearbeitet wie alle in Oberschlesien. Er habe vier Enkelkinder und mit ihnen viel zu tun. Sein Sohn sei Rechtsanwalt geworden, ein anderer Ingenieur. Er war in den Achtzigern nach Deutschland gekommen.

Am Strand eine junge, verwirrte? Frau, die sich heute ganz nackt ausgezogen hatte und ins Wasser ging. Sie hatte vorher mit ihrem Finger in die Luft etwas geschrieben und das über längere Zeit. Wer weiß, was mit ihren Eltern und Großeltern und Urgroßeltern war?

Sie dachte an Nicholaj, dem sie zuletzt Rosen geschickt hatte mit der Bemerkung „Bonne Pâques", Frohe Ostern. Ein Foto mit frischen Rosen an einem Strauch in Övelgönne. Wollte sie damit ihre Schuldgefühle besänftigen? Der Mann wollte doch gar nichts mehr von ihr. Er hatte sie doch platt gemacht, überfahren, auf der Straße liegen gelassen, ohne Hilfe zu leisten. Er hatte Fahrerflucht begangen. Sie fragte sich ständig, wie sie aus der Geschichte herauskäme? Sie hatte es immer noch nicht geschafft, ihn loszulassen. Sie müsste doch stinkwütend auf ihn sein! Stattdessen versuchte sie, die Sanftmütige zu spielen, mit diesem Verhalten rückgängig zu machen, was geschehen war. Aber sie war vom Sitz geschleudert worden, sie war aus dem Fahrzeug hinausgeworfen worden. Ihre Wut musste doch unbändig sein. Sich gesteigert haben, mit jeder mail, auf die er nicht antwortete.

Als sie den Namen von Ren. auf Googlesuche eingab, sah sie, dass sie und ihr Mann außer den Appartements in Nizza zudem noch in bester Gegend eine luxuriöse Villa vermieteten.

Easyjet hatte ihr inzwischen ihre Flüge zurückerstattet, einmal hatte sie dafür mit Südafrika telefoniert und das andere Mal mit Polen, mit Warschau, sie hatte die Servicenummer angerufen und gefragt, wo sie sich befänden. Es lief alles auf einen Zug hinaus, für die Hinfahrt hatte sie einen passablen gefunden, aber sie musste um vier aufstehen, was ja nicht so schlimm war, wenn sie nicht diese Angst hätte, dass sie den Wecker nicht hören würde.

Ein düsterer, regenreicher Freitag. Nachmittags schaffte sie es, das blaue Bild zu verändern, den Sand und Steine von Öl umhüllt oder durchdrungen, herunterzuholen und Farben aufzutragen. Es erinnerte sie jetzt wegen der Farben an Chagalls blaue Bilder. Sie würde auf das große, tiefblaue Bild verzichten. Es zog sie in eine Depression. Die Farben lockerten auf. Lockten mit leben.

Etwas hatte sich verändert. Sie hätte nicht gedacht, dass ihr das möglich wäre, aber sie hatte es möglich gemacht, das, was für die allermeisten normaler Alltag war: Zu Hause Kaffee zu trinken, zu Hause zu frühstücken.
Schon ihre Mutter hatte beklagt, dass sie immer weglief, rauswollte, in die Stadt wollte.
Sie hielt es schlechterdings für unmöglich, zu Hause zu frühstücken. Nun aber war es passiert, und sie fühlte sich sehr gut damit, hörte nebenbei Nachrichten. Sie erledigte sogar noch, bevor sie tatsächlich aus dem Haus ging, das eine und andere, wusch Handwäsche, kümmerte sich um die Blumen.
Das alles, wegen des Mannes von der Elbe, den sie gar nicht kannte, mit dem sie nur rein zufällig ein paar Sätze ausgetauscht hatte, weil sie bei dem Unwetter Unterschlupf gesucht hatte und er plötzlich

auftauchte. Sie hatte zu ihm gesagt, dass sie jetzt ihren Kaffee mitbrächte, denn vorher hätte sie im Strandkiosk nebenan ihren coffee to go geholt, aber das sei ihr zu teuer geworden. Er hatte geantwortet, dass er immer zu Hause Kaffee trinke (und frühstücke). Das musste sie sehr beeindruckt haben. Jedenfalls war sie überglücklich, dass es geschehen war, dass sie sich jetzt zu Hause fühlte. Ja, es war, es fühlte sich wie ein zu Hause an. sie hatte auf einmal ein Zuhause. Sie ging gestärkt aus dem Haus und musste nicht mehr ungeduldig darauf warten, dass sich eine Gelegenheit ergab, endlich draußen irgendwo im Stehen oder auf einer Bank zu frühstücken.

Das war ein guter Tag, hatte ihre Schwester geschrieben, als sie für sich und ihren Mann einen Impftermin bekommen hatte und sich außerdem Besuch von ihrer erwachsenen Enkeltochter mit Mann einstellte.
Sie konnte jetzt auch sagen, das war ein guter Tag, weil sie es geschafft hatte, zu Hause zu bleiben, zu Hause zu frühstücken, nicht das Gefühl hatte zu ersticken. Aber würde es anhalten?
Sie hatte es außerdem geschafft, jetzt täglich Gymnastik zu machen, auch das bekam ihr sehr gut, wenngleich dadurch noch nicht ihre Schmerzen, die bis in den Kopf hochzogen, weggegangen waren, sie hatte nachts sogar eine Schmerztablette nehmen wollen. Morgen würde sie Krankengymnastik haben, mal sehen, ob das etwas bringen würde.

Sie freute sich auch über die mail einer guten Bekannten, die ihr schrieb, „…unglaublich, wie sicher du in Wort und Bild bist…..“ Das bezog sich auf ihren Bildband „Werkschau 1976 – 2020, Malerei, Radierung, Zeichnung, Skulptur“ und auf vorangegangene Prosatexte.

Nicht zuletzt hatte sie seit langem mal wieder einen guten Film gesehen, „Die Diplomatin“ mit Nathalie Wörner. Es ging unter anderem um Gewalt in der Familie. Der Mann, der seine Frau schlug, auch verbal, der Sohn, der ebenfalls zum Schläger geworden war, weil er die Ablehnung eines Mädchens nicht verkraftete, sie deshalb schlug und vergewaltigte. Die Mutter schließlich, die nach Hause kommt und das schwer verletzte Mädchen am Boden sieht, es ins Auto schleift und vor einem Krankenhaus aus dem Auto wirft. Das alles schält sich nach und nach heraus, denn zunächst halten sich alle an ihren Lügen fest.

Knut schrieb ihr, er „verbuche“ ihre beiden Fragen, ob er seine Bilder in ihrem Buch „Werkschau…“ gefunden habe und ob er schon geimpft sei als „Kontrollzwang“. Sie antwortete: Wenn er das meine, dann solle er das meinen. Ihr schien, dass er derjenige war, der mit seinem „Verbuchen“ einem Kontrollzwang anhing.

An der Elbe erzählte ihr der pensionierte Lehrer mit seiner Hündin von seinen Enkelkindern, die häufig bei ihnen seien, dass es anstrengend sei, weil sie immer etwas wollten, aber es sei eben auch schön.

Ostern war auch das Neugeborene mit den Eltern zu Besuch. Er war der Meinung, dass sie hinsichtlich Corona alles im Griff hätten.

Sie hatte Glück mit dem Wetter, denn es zog sich zu. Mit einem Rucksack voller Lebensmittel kehrte sie nach Hause zurück und fiel in einen Schlaf, denn sie war schon seit vier, fünf Uhr in der Früh auf den Beinen. Lieber wäre es ihr gewesen, sie hätte länger geschlafen, aber das war nicht im Vorhinein zu programmieren.
Oft machte sie sich Sorgen um ihre Gesundheit, die Rückenschmerzen erinnerten sie an I. aus dem Haus, die, wann immer sie sie sah, über Rückenschmerzen geklagt hatte und plötzlich wurde bei ihr Lungenkrebs diagnostiziert, bald darauf starb sie. Zu ihrem Leidwesen im Krankenhaus, denn sie war alleinlebend und der Sohn nicht bereit, bei ihr zu wohnen in den letzten Tagen, denn ihr Verhältnis war zerrüttet.

Sie staunte. C. war zu Ostern schon wieder nach Mallorca geflogen, wo ihr Bruder mit Familie lebte. Sie war doch erst Weihnachten dort. Sie hatte überhaupt keine Angst. Die Glückliche.

Sie selbst hatte sogar Angst, die Zugfahrt im Juni nach Nizza nicht zu bewältigen, wenn sie überhaupt fahren würde. Sie kämpfte mit ihren Depressionen. Immerhin hatte sie seit einigen Tagen wieder mit Gymnastik angefangen, das war schon mal gut. Auch mit dem Malen ging es voran, allerdings zurzeit im

Schneckentempo, sie hatte oft eine große Furcht, sich in den Malprozess hineinzubegeben.

Die Depressionen kamen doch wieder. Es gab keinen stabilen Zustand. Sie wachte auf, und sie wusste, dass der Tag bereits gelaufen war. Meistens kannte sie die Gründe nicht. Gewiss, der Film „Die Diplomatin" hatte sie abgestürzt, seitdem hatte sie kein TV mehr geguckt. Diese Tragödie. Diese Frau, die die von ihrem Sohn misshandelte Frau wegschafft und dann aus dem Auto wirft, zwar vor das Krankenhaus, damit man sie findet, aber sie schmeißt sie einfach auf die Straße. Darin liegt sehr viel Selbstverachtung, die sie als geschlagene Frau durch ihren Mann erfahren hat und die sie akzeptiert, indem sie es verheimlicht und auch, dass ihr Sohn von dem Vater geschlagen wird und selbst zum Übeltäter wird. Diese Maschinerie und Verquickung und alles, weil der Mann in hoher Position seinen Stress nicht anders abbauen kann, als immer nur zu lächeln nach außen hin, um sich in der Position zu halten, alles andere unterordnet, gegebenenfalls mit Gewalt.

Natürlich spielte die verheerende Lage ihrer krebskranken Schwester eine Rolle. Sie hatte jetzt eine Haushaltshilfe, eine frühere Schulkameradin, kam einen Vormittag in der Woche und mache alles, wie sie schrieb. Ihr Mann koche, erledige die Wäsche, den Garten und kaufe ein. Sie selbst leide keine Schmerzen, weil die Tabletten ihr helfen, seien aber heftig, und sie müsse sich viel ausruhen. Morgen Besprechung mit dem Arzt für Strahlentherapie.

.

Die Physiotherapie hatte ihren Rücken- und Nackenschmerzen noch nicht abhelfen können, so dass sie nachts nach Schmerztabletten greifen wollte. Sie wusste nicht, warum sie die beiden letzten Tage nicht mal das Alltägliche auf die Reihe bekam. Sie sehnte sich danach zu malen, aber selbst dafür fehlte ihr die Kraft.

Es war auch immer sehr anstrengend mit den Bussen an die Elbe zu fahren und wieder zurück, vor der Rückfahrt Lebensmittel zu kaufen und auf dem Rücken nach Hause zu bringen. An der Elbe blies ein heftiger Wind.

Bei dem Impfstoff von Biontech haben sie jetzt auch Patienten mit Blutgerinnsel wie schon bei AstraZeneca. Wenn sie das alles hörte, verging ihr der Mut, sich impfen zu lassen.

Es war draußen so kalt, windig und regnerisch, dass die Blumen ihre Köpfe hängen ließen, sie holte sie vom Balkon rein und päppelte sie wieder auf, es war schön zu sehen, wie sie aufblühten.

Die Kopfschmerzen auf der rechten Seite waren äußerst unangenehm, sie rührten wohl von den Schmerzen auf der rechten Halsseite und gingen einfach nicht weg, trotzdem sie jetzt Massage und heiße Rolle bekam. Sie müsste unbedingt ihren Sport wieder aufnehmen.

Ein Bild hatte sich in ihr festgesetzt, jenes einer älteren oder alten Frau, die dunkel gekleidet mit

Kopftuch auf dem Boden lag, vielmehr lag sie auf den Unterschenkeln, sie streckte ihren Rücken nach vorne sowie einen Arm. Die Hand hielt sie wie eine Schale. Sie war eine Bettlerin, die, wie oft zu sehen war, ihr „Schicksal" mit anderen aus ihrem Clan teilte. Waren es Rumänen, Bulgaren oder…? Die die alten Omis oder auch jüngere verstümmelten, alle sollten sie Mitleid erregen, damit ihre Hände oder Becher mit Geld gefüllt würden. Wie konnte diese Frau nur so stundenlang ausharren, vor ihrem Gesicht, das der Erde zugeneigt war, lag eine Riege Tabletten.

Die Position erinnerte sie auch an eine gedemütigte Frau, die ihren Arm aus Sehnsucht nach dem Geliebten, der sie verlassen hat, austreckt. Sie will ihn zurückhalten, aber er dreht sich nicht um.

An der Elbe traf sie den Mann mit dem blauen Stein in der Halskuhle, der gar nicht Hellblau war wie in ihrer Erinnerung, sondern zur ihrer Verblüffung beige. Dieses Mal erzählte er, dass er es seiner Frau sagen werde, dass er eine andere habe und sich scheiden lassen wolle. Seine Tochter habe ihm gesagt, sie hätte es immer gewusst, dass sie nicht zusammenpassten. Seine Frau warf ihm vor, dass er sich verändert hätte, in ihm seien Dämonen. Er findet, wie auch ihr Exmann, dass sie sich wie auf einer Schiene bewege. Sie mache immer dasselbe und wenn sie, statt an einem Freitag mal an einem Donnerstag etwas mache, so kehre sie nach einigen Malen doch wieder zum alten Muster zurück.

Was ihre Kopfschmerzen anging, sagte er, seine Frau habe auch immer Kopfschmerzen gehabt, bis man ihr in der Halswirbelsäule die Bandscheibe rausgefischt hätte. Bei ihm sei es auch erfolgreich gewesen, er habe ständig Rückenschmerzen gehabt, dann habe man auch ihm eine Bandscheibe entfernt und seitdem sei Ruhe bis auf seltene Fälle, die der Arzt angekündigt hätte.

Sie schickte den Bildband „Werkschau 1976 - 2020" an E. und Tre. in England, die, wie er schrieb, immer noch ihre gerahmte Radierung in ihrer privaten library hängen hatten. Sie würden ihr Angebot annehmen und sich in Ruhe eine weitere aussuchen und sie benachrichtigen.

Ihre Schwester schrieb, dass sie im Dorf gewesen sei (im Zentrum des Stadtteils), dort habe sie Blumen gekauft. Sie schickte ein Foto von Tulpen in der Vase. Am nächsten Tag, so schrieb sie, sei sie auf der Terrasse und im Garten gewesen.

Heute war sie mit einem seltsamen Traum aufgewacht, der eine helle und eine düstere Seite hatte. Zunächst war es hell. Sie saß in heller Sommerkleidung draußen am Tisch einer Frau gegenüber, die offenbar eine Bekannte war. Zu ihrem Erstaunen trank sie mit ihr ein Glas Wein, obwohl sie doch nie Alkohol trank. Die Frau erzählte von einer „Wandlung", von einer Beziehung, aus der sie sich offenbar lösen möchte, aber noch nicht genau wusste, ob sie es wirklich wollte. Es gab für und wider. Leider vergaß sie außer dem Wort „Wandlung" das zweite wichtige Wort. Die Frau blieb noch sitzen, als sie gehen musste, denn sie hatte eine Verabredung um 14. Uhr. Damit begann das Dilemma. Denn sie entschied sich, die, wie ihr schien, kürzere Strecke zur U-Bahn-Station zu gehen, die sie aber nicht kannte. Es war dunkel und sie musste durch einen plötzlichen Wasserregen, wie er von einer Bewässerungsanlage auf Rasen gespritzt wurde, hindurch, dann kam sie in ein dunkles Gebäude, in dem sie Trepp auf Trepp ab schließlich, wie sie meinte, zur U-Bahn gelangte. Aber es waren wahnsinnig viele Leute, die alle auf Züge warteten, und sie konnte die Nummern nicht erkennen. Sie sah eine verrückte Bekannte, die herumirrte. Sie fragte dann ein Pärchen, wie sie rüberkäme zum anderen Gleis, sie meinten nur, sie müsste über das ausgetrocknete Flusstal stiefeln, was sie auch tat, aber drüben war es nicht anderes, ebenso viele Leute, sie erkannte abermals die Wagen nicht, die anders aussahen als sonst, und alle Züge fuhren schnell. Sie sah gar nicht, dass sie hielten. Es war das Chaos komplett und alles im Halbdunkeln. Da wachte sie Gott sei Dank auf. Sie hatte mit ihrer Schwester diese Verabredung um 14.00 Uhr gehabt und wollte ihr auf dem U-Bahnhof schreiben, dass sie sich verspäte, aber in dem Drama vergaß sie es, weil sie sich orientieren musste und die Bahn finden, die sie nicht fand.

In Wirklichkeit wollte sie ihre Schwester gar nicht treffen, sie waren einfach beide von einem anderen Stern. Sie war ihrem Mann bedingungslos ergeben, was sogar zur Trennung zwischen ihr und einer ihrer

Töchter geführt hatte und auch sie beide selbst getrennt hatte.

Aber auch als der Kontakt noch da war, besuchte sie sie niemals in HH, verlangte immer nur, dass sie käme. Mehrmals hatte sie vorgeschlagen, sich auf der Hälfte der Strecke zu treffen, aber dazu ließ sie sich nicht bewegen und antwortete nicht. Zu ihrem Vorschlag, den sie hin und wieder ins Spiel brachte, gemeinsam einen Städtetrip zu machen, so wie sie ihn jedes Jahr mit einer Freundin unternahm, mit ihr für jeweils eine Woche die Städte Europas besichtigte, schwieg sie ebenfalls hartnäckig. Sie war kurz vor ihr mit der besagten Freundin, der Frau eines mit ihnen befreundeten Ehepaares, mit der sie schon in Rom, Paris, Barcelona, Madrid, etc. gewesen war, in Nizza. Das hätte sie nie erfahren, wenn sie nicht explizit gefragt hätte, wohin sie dieses Jahr gereist seien.

Ihre Schwester hatte ihr sogar das Haus verboten, weil sie sich über ihren Mann bei ihr beschwerte. Seitdem galt das Hausverbot und somit war der Kontakt eingestellt, bis er nach dem Tode der Mutter wieder auflebte, weil sie ihre Schwester einmal im Jahr zum Kaffeetrinken traf und sie gemeinsam den Friedhof besuchten. Sie fuhr morgens 5 Stunden hin und am selben Tag wieder 5 Stunden zurück.

Im Traum hatte sie offenbar Schwierigkeiten, die Verabredung mit ihrer Schwester einzuhalten, wollte es vielleicht gar nicht und deshalb bauten sich Hindernisse auf. Vielleicht. Der Traum erinnerte sie indes auch an das Flüchtlingsdrama, an die

Tausenden von Menschen in dem Flüchtlingslager. Sie war erst vier, alles war verwirrend, aber die Mutter verlangte, dass sie in den Kindergarten für Flüchtlinge gingen, wo sie sich verloren fühlte, denn an ihrer älteren Schwester hatte sie keinen Halt.

Was war mit der hellen Seite. Warum hatte sie die ihr bekannte U-Bahn-Station nicht benutzt? Sie wollte den kürzeren, schnelleren Weg wählen. Schade auch, dass sie sich von der Bekannten, mit der sie Wein trank, verabschieden musste wegen der Verabredung. Die Bekannte war auch nicht frei, sondern mit ihrer eventuellen Loslösung von ihrer Beziehung zu einem Mann beschäftigt. Es war ihr, als wenn ein Mann am Nebentisch saß, der zuhörte, mit dem sie sich vielleicht weiter unterhalten würden über die „Wandlung". Was war nur das zweite Wort??
Wandlung erinnerte sie auch an ihre Bilder. Die sich oft wandelten, erst heute früh hatte sie Gelb und Blau aufgetragen, aber an einigen Stellen auch dem Rosa zu mehr Rot verholfen, und es würde höchst wahrscheinlich noch ein bisschen weitergehen.

Sie hatte einen Impftermin Ende der Woche bekommen, mit Biontech oder Moderna und nach sechs Wochen den zweiten.

An Nicholaj dachte sie mit mehr und mehr abweisenden Gefühlen, denn ihr fielen schreckliche Sachen ein, demütigende. Etwa war er nicht bereit, bei ihr zu bleiben, um sich mal mit ihr zu unterhalten an jenem Abend, an dem sie sich geweigert hatte, mit ihm zu schlafen, denn er war tagsüber distanziert, gar abweisend gewesen. Das traf sie besonders, dass er sich nicht mit ihr unterhielt, sich nicht für sie interessierte, nichts fragte. Dabei konnte er viel reden, sie hatte erlebt, wie er seiner Frau am Telefon ausführlich den Inhalt eines Films schilderte. Er hatte ihr auch geschrieben, als sie noch in HH war, dass ihm das Schriftliche nicht so läge, dass er aber uneingeschränkt und gerne parliere.

Auch die Situation in Antibes am Ford stellte sich wieder ein, wo er sie alleine ließ, sich deutlich von ihr absetzte, um sich den beiden Damen gegenüber, von denen er sich offenbar angezogen fühlte, als unabhängig von ihr darzustellen, denn die eine lächelte ihn ganz ohne Hemmung an. Er suchte keine Zusammengehörigkeit, Nähe, keine Zärtlichkeit mit ihr. Wie hatte sie das alles nur hinnehmen können? Sie war deprimiert, aber wollte auch bei ihm bleiben, nicht zu früh oder durch eine falsche Einschätzung aufgeben und alles verlieren. Obwohl er sie auf der Rückfahrt von Antibes, am Straßenrand in Nizza fast rauswarf, weiterfuhr zu sich ohne sie eines Blickes zu würdigen. Es kränkte sie, auch wenn sie sich später nochmal sehen würden.

Im Bett liegend, stellte sie wie so oft Radio an und hörte von Miles Davis „Sketches of Spain", das Musikstück, das ihr einst Ur. auf Kassette gegeben hatte, als sie noch von einem möglichen Zusammensein träumte. Jedoch war das auch nur geträumt.

Sie hatte jetzt die französische Ausgabe ihrer Werkschau fertig gestellt und für den Buchrücken einen französischen Text geschrieben, den H. durchlas und umschrieb. Sie übernahm aber nur zwei Wörter und einen Satz, denn es sollte noch authentisch bleiben. Diese Ausgabe enthielt auch die neuen Bilder.

Für die deutsche Ausgabe hatte sie nichts über sich geschrieben. Doch hier schrieb sie, dass die Künstlerin 1948 in Ostdeutschland geboren wurde.

Es war ein seltsames Gefühl, dass sie spontan geschrieben hatte, dass ihre Wurzeln in Ostdeutschland lagen, als wenn sie sich damit ein Stück Heimat, ein Stück verlorener Erde, verlorener Vergangenheit, angeeignet hätte, die ersten vier verlorenen Kindheitsjahre, die sie in Ostdeutschland verbracht hatte. War sie damit eigentlich ein Ossi?

Für die französische Ausgabe „peinture gravure dessin sculpture" wählte sie als Titelbild jenes „bunte" Bild, das sie auf dem weißen Bild gemalt hatte, sie hatte die weiße Fläche doch nicht für gut befunden, das neue Bild wirkte sehr frisch.

Die „sofagate" Affäre. Ursula von der Leyen, die Präsidentin der Europäischen Kommission, wird von Erdogan gedemütigt, indem sie abseits auf einem Sofa sitzen musste, während die „Herren" nebeneinander auf Stühlen Platz nehmen. Nur furchtbar.

Und was ist das mit der Schauspieler*innen Aktion „alles dicht machen", sie zeigen Videos, die zeigen sollen, dass sie die Nase voll haben vom Lockdown in der Pandemie. In der Radiosendung Fazit die Kultur vom Tage beschrieben sie einige der Videos, sie war insbesondere irritiert über die Schauspielerin, Inka Friedrich, die sagte, dass sie Mutter zweier Kinder sei und dass sie, wenn sich ihr Sohn nicht an die Ausgangssperre halten würde, dass sie ihm hinterherlaufen würde, um ihn mit einem Gummiknüppel zu verprügeln, bevor das die Polizei täte. Ehrlich gesagt, fand sie das Statement der Schauspielerin schlimm.

Kl. gab ihr ein Feedback zu ihren Veröffentlichungen und schrieb, „bewundernswert" wie konsequent sie andere an ihren künstlerischen Aktivitäten teilnehmen ließe. Dass er da glatt neidisch werden könnte. Sie wusste nicht, ob es ironisch oder ehrlich gemeint war. Da sie kaum Kontakt hatten, nur, wenn sie sich mal zufällig über den Weg liefen, wusste sie auch nicht, was er gelesen oder gesehen hatte. Aber dann bedankte sie sich doch für sein Feedback. Was zu einem Mailaustausch von weiteren zwei, drei Mails führte. Sie baute den Austausch aber nicht aus, sondern grüßte freundlich, denn sie erinnerte sich, dass er sie damals, als sie eng miteinander befreundet waren, als „unrealistisch" bezeichnet hatte, seine Begründung, sich von ihr zu distanzieren und keinen Kontakt mehr zu ihr zu wünschen. Das lag Jahrzehnte zurück.
Es war ganz gut, dass ihre Veröffentlichungen mithin ihre Rundmails für die Bekanntmachung zu diversen kurzen Kontakten aus der Vergangenheit führten. Als wenn das Leben zu einem Abschluss käme, ihr

Einblick in die Altersphasen der ehemals jungen Wegbegleiter*innen gab.

Sie wusste nicht warum, denn sie hörte eigentlich keine Hörspiele im Radio, lieber Fazit, die Kultur vom Tage, aber dann ließ sie sich doch auf das Hörspiel „Das blaue Zimmer" ein auf der Grundlage des Buches von Georges Simenon. Es war eine schlimme Geschichte. Beide waren verheiratet. Sie verführte ihren Geliebten, wenn man das so sagen konnte, sie erinnerte ihn daran, dass sie immer schon an ihm interessiert war, er jedoch hatte sie nicht auf dem Schirm. Es kam zu einer leidenschaftlichen Beziehung. Aber in der Darstellung hatte man immer das Gefühl, es kam alles von ihr. Dass er nur mitmachte bis hin, dass er seine Frau umbrachte, nachdem sie ihren Mann umgebracht hatte, wenn das wahr war.

Manche Liebesverhältnisse schienen eine dauerhafte, ausweglose Konfliktsituation zu sein, ein Gefängnis, in dem sich die Beteiligten eingeschlossen hatten und nicht herausfanden.

In der Serie „Letzte Spur Berlin", hatte einer aus dem Team eine Liebesbeziehung, aber wies das Anliegen der Frau zurück, die mit ihm zusammenziehen wollte. Sie war in der Tat aufdringlich. Sie konnte die Abfuhr nicht ertragen und unternahm einen Suizidversuch. Er rettete sie. Sie belästigte ihn weiter, bedrohte seine neue Geliebte, entführte deren Kind und bedrohte sie schließlich mit der Waffe. Letztendlich kam sie in die geschlossene Psychiatrie.

Eine Abfuhr, Ablehnung war schwer zu verkraften. Manche schafften es.

Sie zögerte, aber dann teilte sie vier ehemaligen Mitschüler*innen mit, dass sie die „Werkschau 1976 – 2020" veröffentlicht hatte. St. unterschrieb immer mit „Klassenkamerad". Er hatte die Klassenliste aktualisiert und schrieb zudem, dass seine Frau dement sei seit einigen Jahren, nachdem schon seine Schwiegermutter dement war und er sie und jetzt seine Frau pflegte. Er war der Initiator von Klassentreffen, auf denen sie nie gewesen war, denn sie hatte bis auf zwei Verbindungen keine weiteren in der Klasse gehabt, und diese hatten sich schon damals aufgelöst. Die Mädchen waren in der Minderzahl, es waren nur fünf und da sie aus einer armen Flüchtlingsfamilie kam (wie ihre Mutter stets betonte), isolierte sie sich automatisch von den Einheimischen, die in der Regel betucht waren. Sie hatte darüber nicht nachgedacht, aber es herrschte unter den Einheimischen eine andere Kommunikation, ein gehobenerer Sprachstil, vielleicht waren sie auch nur offener als sie, die sie wirklich verschlossen war. Mit ihrer unmittelbaren Tischnachbarin allerdings sprach sie, wenn auch nicht viel, denn diese wiederum schien aus anderen Gründen stumm. Offenkundig drogenabhängig geworden, rief sie sie Jahrzehnte später an, um zu fragen, ob sie das denn nicht gewusst hätte! Sie war drogenabhängig, und da gab es eine empörende Verquickung mit ihr, die ihr als Mittelsperson Medikamente brachte, die, wie sie ihr jetzt sagte,

Drogen gewesen seien, ob sie es denn nicht gewusst hätte. Sie war darüber wirklich erzürnt, was sich alles hinter ihrem Rücken abgespielt hatte, dass ihre „Freundschaft" ausgenutzt worden war, aber nicht nur von ihr, sondern insbesondere auch von demjenigen, der sie mit den „Medikamenten" zu der Mitschülerin hinschickte unter Vorgabe, dass diese eine starke Grippe habe und das Haus nicht verlassen könne. Sie nahm das für bare Münze, wäre niemals auch nur entfernt auf die Idee gekommen, dass es sich um Drogen handelte. Nach der Enthüllung wollte sie absolut keinen Kontakt mehr. Wie sie hörte, ging sie zu den Klassentreffen, denen sie fernblieb. Diese waren sowieso erst ins Leben gerufen worden, als alle in Rente bzw. Pension waren. Die Mädchen waren Grundschullehrerinnen geworden, soweit sie das überblickte, eine war früh verstorben.

Den beiden Mitschülerinnen, denen sie jetzt gemailt hatte, schienen ihr damals aus einer anderen Welt, aus einer sprechenden Gesellschaftsschicht, der Sprache mächtig, aus einer Gesellschaftsschicht, die am Leben teilnahm und es bestritt. Es war ein automatisches sich Fernhalten. Sie konnte einfach nicht mitreden, sie erinnerte sich, dass der Bruder der Mitschülerin G. beim Spiegel arbeitete, das war das höchste der Gefühle, wie sie gehört hatte, denn gelesen hatte sie damals den Spiegel noch nicht. Und G., mit der sie nie ins Gespräch kam, im Sportwagen des Geschichtslehrers davonfuhr, einem alten Dandy, der sich viel einbildete. G. konnte laut vor der ganzen Klasse sprechen, was sie konstant vermied. Trotzdem schrieb der Deutschlehrer an den Rand ihres

Aufsatzes das Wort „Reife". Er meinte überdies, sie hätte viel Phantasie, was er ihren Aufsätzen, ihren schriftlichen Arbeiten entnahm, und ließ ihr Gedicht „Gedanken zerrissen zerfetzt /......." in der Schülerzeitung veröffentlichen mit einem Foto von Blitz und dunkeln Wolken.

Sie hatte damals schon unter dem Mangel an Gedankennahrung, an Erlebnisnahrung gelitten, so dass es sie in die Depression führte, der Stillstand, der zu Hause herrschte, die Sprachlosigkeit, keine Kultur, nichts, als das nackte Vegetieren, für Fressen sorgen. Ängste, die der Krieg zurückgelassen hatte, Isolation die der Status als entwurzelte Flüchtlinge mit sich brachte. Sie waren immer die Fremden, die geduldet wurden, die Eindringlinge, unliebsam, die die Einheimischen bedrohten. Die Einheimischen, die gezwungen wurden, die Fremden zu dulden. Es gab keine Übereinkunft und die, die es gab, war fragil und huldigte dem Schein. Eine verzweifelte, ausweglose Lage, wie in der Klemme steckte sie, so wie jetzt ihre rechte Halshälfte, Kopfhälfte in der Klemme zu stecken schien.

Wahrscheinlich würden die beiden Mitschülerinnen nicht antworten. Es war zu lange her. Und warum jetzt. Eine von beiden war zudem noch der Ersatz für sie, deren Begehren von ihrem Mitschüler P. zwar entfacht wurde, aber dann zurückgewiesen wurde und sie ihm deshalb aus dem Wege ging.

Sie sah sich einen Film an, den sie aufgrund einer Werbung im Radio gesehen hatte „Die unheimliche Leichtigkeit der Revolution", Regie Andy Fetscher,

Drehbuch Thomas Kirchner mit Janina Fautz und Ferdinand Lehmann in den Hauptrollen. Der Film, der in Leipzig spielt, ist eine freie Adaption des gleichnamigen Buches von Peter Wensierski aus dem Jahr 2017. Der kleine Sohn der Familie war an der Umweltverschmutzung in der Region Bitterfeld, der dreckigsten Stadt Europas, gestorben. Franka, die Tochter der Familie, stößt zu der Umweltgruppe, in der es um die Gewässerverschmutzung der Pleiße geht. Die Mutter der Familie wurde aufgefordert, ihre Eingaben an die Behörde zu unterlassen, denn sie könnten ihr nichts sagen. Frankas Beteiligung an der Gruppe ist u.a. auch durch diesen Verlust und Schmerz getragen, verantwortet durch die Obrigkeit, die gnadenlos die Umwelt zerstört. Grauenhaft, dass Steffan, als er wegen angeblicher Vergewaltigung verhaftet wird, gezwungen wird, ein Tuch zu bespritzen, das in einem Glas aufbewahrt wird, dessen Geruch die spezialisierten Hunde abspeichern und wann immer sie ihn aufspüren, hetzen können. Wenn er es nicht freiwillig machen würden, dann würden sie ihn fixieren. Was für traumatisierende Einschüchterungsmethoden.

Leider waren die Schmerzen auf der rechen Seite nicht weggegangen. Trotz Wärme, trotz Übungen, trotz Massage. Sie kam einfach nicht dahinter, was da los war. Wahrscheinlich kam sie um ein Röntgenbild nicht herum. In der Vorstellung war rechts alles erloschen, verkohlt, verbrannt. Schwarze Trümmer und Leichen. Sie konnte sich das nicht erklären, links hingegen sah sie helle Wiesen, Leichtigkeit.

Bevor sie zur Krankengymnastik ging, traf sie H., die leider noch nicht dazu gekommen war, mit ihrem Freund zusammen, ihre Chansons aufzunehmen, es kam immer etwas dazwischen, sie erzählte auch von ihrer fortlaufenden Therapie, in der es jetzt um ihre Traumata ging. Ihre Therapeutin fragte sie, wenn sie zurück in der traumatischen Situation war, wie sie sich selbst sehen würde. Das enthob sie ein Stück weit dem Gefangensein, dem Ausgeliefertsein in der traumatischen Situation, und es konnte eine langsame Distanzierung beginnen.

.

Die Praxis für Pysiotherapie hatte sie angerufen, dass ihre Physiotherapeutin sich krank gemeldet habe, sie könne eine Vertretung durch einen Mann haben, denn bei der Anmeldung hatte sie den Wunsch geäußert von einer Frau behandelt zu werden, weil sie daran dachte, sich „frei machen" zu müssen. Aber jetzt sagte sie zu, denn sie wollte darauf aufmerksam machen, dass sie Übungen brauchte und keine Massage.

Der junge Mann bat sie nicht, ihr T-Shirt auszuziehen, es ging ja auch hauptsächlich um ihren Nacken, er schien ein wirkliches Interesse zu haben, den Knackpunkt zu finden und drückte auf verschiedene, schmerzhafte Punkte, zeigte ihr anschließend aber auch einige Übungen. Dann erst kam die Fango.

Sie schaute tatsächlich nach Flügen, was sie eigentlich erst in einem Monat machen wollte. H.

hatte gemeint, ob sie nicht mit einer anderen Fluggesellschaft fliegen könnte, da EasyJet dieses Jahr nicht mehr flog. Bisher hatte sie nur Flüge mit Zwischenstopps gesehen und war deshalb auf Easyjet fixiert, die direkt flog. Aber zufällig sah sie bei Eurowings einen nonstop Flug, einen einzigen, alle anderen waren mit einem oder zwei Zwischenstopps. Er war erschwinglich, da sie nichts Zusätzliches buchte, nicht mal einen Sitzplatz, der allein 60€ gekostet hätte. Dann gab es Probleme mit der Debitkarte. Sie behaupteten einfach, der Code sei falsch. Sie versuchte es mit der Master Card, die bei der Buchung des Appartements funktioniert hatte, aber jetzt nicht. Also versuchte sie es mit „auf Rechnung", da klappte es.

Sie konnte es kaum glauben. Aber gut, die Freude war unter Vorbehalt, denn Corona bedingt konnte es Ausfälle und Verschiebungen geben. Sie war darauf gefasst. Und vielleicht müsste sie trotz vollständiger Impfung bis dahin noch einen PCR Test machen, wer wusste das jetzt schon..

Wenn es jedoch gut laufen würde und sie vor Ort wäre, würde sie es begrüßen, ihn zu treffen, was aber eher unwahrscheinlich war. Jedoch, würde er dazu bereit sein, würde sie das gut finden, denn sie hatte bislang die Erfahrung gemacht, dass mit jedem Treffen die Sicht auf den Mann ein Stück weit realistischer wurde bis hin, dass sie ihn irgendwann klar vor Augen hatte, sein Wesen an sich und seine Ambitionen ihr gegenüber.

Im Moment war er ihr fast egal, Nicholaj, sie war nicht mehr interessiert, mit ihm etwas anzufangen. Nachdem wie er sie behandelt hatte, lehnte sie ihn ab, würde sie ihn nicht an sich heranlassen wollen. Aber dennoch würde sie ihn gerne treffen, sich ein Bild machen, das war immer fruchtbar gewesen und würde fruchtbar sein. Sie würde besser erkennen, mit wem sie es tun gehabt hatte. Der Charmeur war ein gerissener Hund. Ein Wolf im Schafspelz. Aber vielleicht musste es auch gar nicht so gravierend sein. Vielleicht könnte sie ihn auch einfach so hinnehmen wie er war oder wenn es hochkäme, könnte sie ihn vielleicht als Person schätzen und liebenswert finden ohne involviert zu sein ohne sich angezogen zu fühlen ohne den Wunsch zu hegen, mit ihm anzubändeln. Das würde sie wohl zurückweisen.

Interessant war, dass sie, um die rechte, zerstörte Seite, die eine schwarz verkohlte Verwüstung hinterlassen hatte mit herumliegenden Leichenteilen, verbrannt, verkohlt, dass sie dieses schwarze Feld ausgetauscht hatte mit einem neuen Terrain, auf dem sie ihr Kleid hervorholte, dass sie einst für ihn gekauft hatte, ein hübsches Kleid, welches sie aber nie getragen, wenn auch aufbewahrt hatte, aber nicht mehr mit der Idee, es zu tragen. Dieses Kleid holte sie hervor. Es war ein sehr „frauliches" Kleid im klassischen Sinn, so gar nicht ihr Stil. Sie wollte es hier nicht beschreiben, denn sie würde es nicht treffend beschreiben können.

Als sie heute sehr früh aus dem Haus ging, um an die Elbe zu fahren, kam die Hebamme gerade von ihrer Nachtschicht mit dem Fahrrad, denn die Uniklinik konnte man gut mit dem Fahrrad erreichen. Während sie im Radio die Schilderungen von drei im Krieg traumatisierten Soldaten aus Afghanistan gehört hatte, hatte die junge Hebamme einem kleinen Jungen verholfen, auf die Welt zu kommen. Sie nannte den Namen des kleinen, männlichen Neugeborenen und sagte, dass es auch der Name ihres Freundes sei, ein sehr netter Student, den sie einmal kennengelernt hatte und der sich für Stadtentwicklung interessierte.

Draußen stand eine Schlange, die bis zum Bäcker reichte, aber sie wollte keine Brötchen kaufen. Sie hatte ihr Brot und ihr Getränk im Rucksack, denn sie hatte sich wieder angewöhnt, an der Elbe zu frühstücken, auf einem Stein gegenüber der Elbe sitzend.
Die Schmerzen waren zurückgekehrt, sie wusste sich nicht mehr zu helfen. Es war die Nacht, die besonders hart war und wieder alles versteifte. Sie müsste dran bleiben, massieren, Dehnübungen machen.

An der Elbe dachte sie auch daran, dass sie eigentlich glücklich war, dass sie wieder im selben Appartement sein würde, denn es löste bei ihr das Gefühl aus, nicht alleine zu sein, sondern in einer geborgenen Umgebung, auch wenn er nicht mehr da wäre, aber sie hätte das Gefühl, zu Hause zu sein, denn es wäre schließlich das vierte Mal, und dass er nicht zu Hause wäre, war kein Problem, so jedenfalls waren ihre

Gefühle jetzt. Es war eben, wie wenn jemand nicht mehr da war. Man dachte trotzdem an ihn, hatte seine Erinnerungen, das war ja mit allen so, die gegangen waren, egal auf welche Weise, ob gestorben oder einfach keinen Kontakt mehr wollten.

Sie fotografierte an der Elbe unter anderem einen Stein, in dem sie ein Baby hineingesehen hatte, später dachte sie auch an ein Seepferdchen und noch an weitere Wesen.
Auf ihrem Rückweg, bereits in ihrem Stadtteil, sie hatte auf einer sonnigen Bank eine Rosinenschnecke gegessen, fiel ihr Blick auf zwei dünne Rohre an einer Hauswand, die ihr im ersten Moment wie zwei Männlein erschienen. Die parallel laufenden, dünnen Rohre an der Hauswand mit gesenkten Köpfen auf denen die typischen Hamburger Mützen saßen.
Sie begegnete in vielem etwas anderem.

Nicht schon wieder zur Elbe, sagte sie sich und fuhr in die große Grünanlage mit kleinem See mit schon hoffentlich blühenden Blumen in Planten und Blomen. Sie war früh dort, ab 10.00 wäre auch hier Maskenpflicht. Sie machte einen kleinen Rundgang und setzte sich auf eine weiße Bank mit Rückenlehne, die sie mit drei Taschentüchern vom Regenwasser befreite. Die Sonne kam für eine Viertelstunde heraus und machte das Frühstücken angenehm. Unterdessen merkte sie, dass ihr das Plätschern der Elbe doch sehr fehlte und fuhr deshalb noch mit S-Bahn und Bus zur Elbe. Sie wunderte sich, dass sich an der Elbe so gut wie niemand an die Maskenpflicht ab 10.00 hielt.

Hätte sie das gewusst, wäre sie gar nicht erst gefahren. Die Sonne kam nicht mehr raus. Trotzdem war ziemlich viel Betrieb. Für die Rückfahrt musste sie in Övelgönne 17 Minuten auf den nächsten Bus warten, denn er war gerade abgefahren. Deshalb ging sie runter zur Fähre und machte ein paar Aufnahmen von zwei arbeitenden Personen auf dem Schiff, sie reinigten den Boden, eine Frau und ein Mann. Von der ankommenden Fähre, dem Kiosk, der Fish and Chips verkaufte. Aber ihre Schmerzen ließen nicht nach, das war ein Problem. Sie mochte sich am liebsten gar nicht mehr bewegen und fühlte sich mal wieder in einer Depression tief drinnen hängen. Sie sollte das Bild in Angriff nehmen, denn sie wusste schon, was der nächste Schritt sein würde, aber es fiel ihr schwer und nochmals schwer.

Gestern fotografierte sie - und nicht nur sie - das Einlaufen eines sehr großen Containerschiffes.
Da das Wasser bis an die Strandmauer kam, ging sie wie alle dieses Stück oben lang und fotografierte durch die Lücken der Hecken die Gärten, die fast bis zum Strand hinunterführten. Ein interessanter Blick. Plötzlich stand der Mann mit seinem Hund und seiner Begleiterin vor ihr, denn oben auf dem Gehweg war es eng, und alle mussten ja oben gehen, bis auf diejenigen, die mit Gummistiefeln durch das Wasser wateten. Sie sagte, allein, um etwas zu sagen, dass dort in einer Nische Bücher zum Mitnehmen lägen. Die Frau sagte, ja, aber nur wenige. Daraufhin wies sie auf die Flaschen neben dem Mülleimer und sagte, nur, um etwas zu sagen: Da sind viele Flaschen. Die

Frau sagte, dass die nachher abgeholt würden und der Mann sagte auch etwas und lachte dabei ein weites Lachen, das sie als sehr freundlich und fast wie eine Erlösung empfand. Die Frau war ja diejenige, mit der sie mal wegen des Rauchens aneinander geraten war, aber jetzt schien sie ihr nicht mehr böse zu sein.

Bevor sie an die Elbe gefahren war, hatte sie beim Aufwachen daran gedacht, dass sie damals, sie musste um die 50 Jahre gewesen sein, mit dem Fahrrad in die Innenstadt fuhr, denn ihr Sohn wohnte gegenüber dem Michel in einer kleinen Dachwohnung und hatte gekündigt, weil er nach Dublin übersiedelte. An ihrem Fahrrad baumelten zwei Farbeimer und auch im Gepäckträger stand einer, denn sie musste die Wände streichen und später auch noch die Fensterrahmen und Türen und und. Sogar brachte die Spedition seinen Hausstand nicht wie vorgesehen zu ihm nach Dublin sondern zu ihr, denn in Dublin war die Wohnung möbliert. Sie verteilte alles so gut es ging, auch der Dachboden wurde proppe voll.
Jetzt traute sie sich nicht mehr, Fahrrad zu fahren. Sie schob es auf den Sommer hinaus, hoffte auf weniger Verkehr. Es war nicht nur, weil sie hingefallen war, auch damals baumelten schwere Taschen an beiden Seiten des Lenkers, denn sie kam vom Flohmarkt und hatte viel eingekauft. Es war eben auch, dass man jetzt auf der Straße fahren musste, und sie fand es furchtbar, von Autos und Bussen gehetzt zu werden, es gab auch viel mehr Verkehr und viel bulligere, große Autos. Die Ampeln schalteten schon auf Rot,

auch wenn sie erst drei Schritte getan hatte. Das empfand sie mehr als autofreundlich, das war aggressiv gegen Fußgänger*innen.

Sie hatte das rote Bild verändert, dieses dann nochmals verändert und wusste nicht, ob es so bliebe, denn es kam ihr recht schwach vor, so schwach wie sie sich fühlte und verblasste. Sie würde es weiter verändern. Ein kleines von 20 x 30 cm sah sie gerne an.

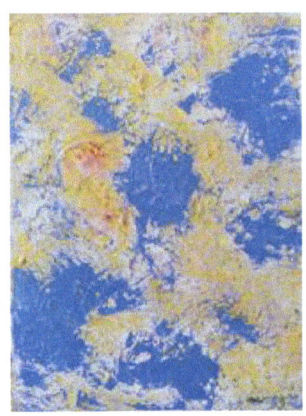

Heute Morgen fuhr sie nicht als erstes an die Elbe, denn sie hatte Krankengymnastik, es lohnte sich vorher nicht. Als sie unter der Dusche stand, fühlte sie plötzlich ein süßes Gefühl, als der Strahl ihre

Kleine berührte. Sie war entzückt, aber konnte es kaum glauben. Sie hatte schon lange nicht mehr dran gedacht. Der Gedanke an Nicholaj, er und sie unter der Dusche, erfüllte sie. Es war wie mit dem Sprichwort: Morgenstund hat Gold im Mund.

Oder hing es mit dem weiten, freundlichen, zugewandtem Lachen des Mannes gestern an der Elbe zusammen?
Das Unbewusste zog Kreise, war unergründlich und hielt sich bekanntlich an keine Regeln.

Ihre Schwester ließ zwei Nachrichten unbeantwortet. Nun schickte sie ihr eine dritte, sie antwortete, dass sie sich nicht aufraffen könne, in den Seilen hänge, und dass das Scheiße sei. Sie schrieb ihr etwas Tröstliches und ihre Schwester antwortete, dass sie jetzt ins Bad gehe und sich nett machen würde, wozu sie meinte, dass es eine gute Idee sei. Am Nachmittag fragte sie, ob es ihr besser gehe und sie schrieb ja, es ginge nun besser.

Der Hauptdarsteller der Serie Babylon Berlin, Volker Bruch, deren erste Staffel sie gut gefunden hatte, schien Mitinitiator des Hashtags „Alles dicht machen" zu sein und hatte sich auch nicht davon distanziert wie auch Liefers nicht. Außerdem hatte er wohl einen Antrag auf Mitgliedschaft bei der Querdenker Partei „die Basis" gestellt. Wie peinlich und enttäuschend.

Aus England bekam sie Post von E., die ihr zwei Kunstpostkarten geschickt hatte und sich für ihre „Werkschau 1976 – 2020" herzlich bedankte, sie fand sie „overwhelming". Eine der Kunstpostkarten war von van Gogh aus dem Walsall Museum and New Art Gallery (in der Stadt Walsall in the West Midlands, eröffnet in 2000) denn diese Zeichnung von van Gogh erinnerte sie an eine ihrer Zeichnungen in dem Buch. Van Goghs Zeichnung, die eine nackte Frau von der Seite zeigte, die sorgenvoll nach vorne gebeugt war, hieß „sorrow" (1882) und unter dem Bild hatte ein Michelet auf Französisch geschrieben: „Comment se fait-il qu'il y ait sur la terre une femme seule – delaissée?" Wie kommt es, dass es auf der Erde eine Frau gibt, die alleine (einsam) ist – verlassen?"

An der Elbe hatte es wieder gegossen, so dass sie sich unterstellte, kurz darauf kam der Mann mit seinem Hund. Da sie von ihren Kopfschmerzen berichtete, die nach einem Zahnarztbesuch einsetzten, sagte er, dass seine Frau Zahnärztin sei, aha, deswegen holte er sich im Strandkiosk keinen Kaffee, denn er frühstückte mit ihr. Ihre Gemeinschaftspraxis, bzw. er sprach von einem Chef, befand sich in Lokstedt. Seine Frau habe ein offenes Ohr für Kieferprobleme, die Kopfschmerzen erzeugen konnten, aber sie wüsste nicht, ob sie hinginge, denn seine Frau war schon in Rente, machte zwar noch eine Zeitlang weiter, aber danach müsste sie sich wieder jemand Neues suchen. Bald kam auch seine Begleitung, die gerne Tiere aus Ton formte. Sie schaute sich mal die

Webseite an, aber mochte nicht die wie ein Model proportionierte Schwarze, die ein Tablett auf dem Kopf trug. Sie mochte diese Art „Kunst" nicht, das sah man häufiger, dass die farbigen Frauen in dieser Art dargestellt wurden, als sexy Dienerinnen. Da war doch auch mal ein „Künstler", der den Hintern einer schwarzen Frau als Sitzfläche eines Stuhls präsentierte. Sie hatte das mal in einem Magazin gesehen. Wie entwürdigend.

Am nächsten Tag spazierten sie mit einer weiteren Frau am Strand, und sie sagte, die aus anderer Richtung kam, dass sie den Wind im Rücken habe, nur um etwas zu sagen und nicht so dicht wortlos an ihnen vorbeizugehen. Er kam dann noch zwei Schritte auf sie zu und fragte, was sie gesagt hätte.
Sie vermutete, dass er auch in Rente war, vielleicht seit zwei Jahren und sie sich da den Hund angeschafft hatten, denn ihn hatte er zwei Jahre und deshalb ging er nun täglich an der Elbe spazieren.
Es waren immer Frauen um ihn herum, hauptsächlich Anwohner*innen wie er. Er war ja auch ein freundlicher Mann.

Jetzt hatte sie das rote Bild mehrmals übermalt, zum Schluss mit Sand und deswegen war kein erneutes Übermalen möglich, aber sie könnte immer noch alles wieder herunterschaben, doch es sah nicht danach aus, dass sie das wollte. Sie würde es jetzt erstmal eine Weile trocknen lassen, dann besehen und entscheiden, wie es weitergehen könnte oder ob es so bliebe:

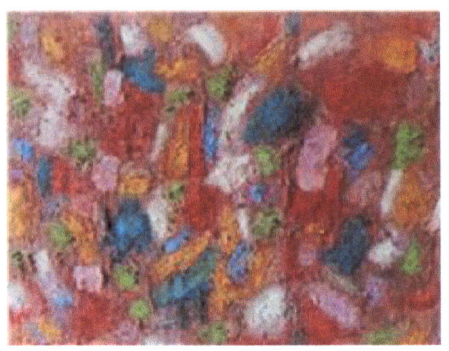

Als sie heute sehr früh an der Elbe war und lange am
Strand gehen konnte, denn es war Ebbe, dachte sie an
den heftigen Aggressionsausbruch von Nicholaj, der
urplötzlich kam und zur Trennung führte, die er im
selben Moment aussprach. Sie war so erschüttert über
sein Verhalten, wenngleich sie verstehen konnte, dass
er genervt war, denn sie hatte ihm an dem Abend aus
triftigem Grund mehrmals geschrieben. Ihr kam
plötzlich die Idee, ob es eine Übertragung gewesen
sein könnte, die er unbewusst vorgenommen hatte,
also dass er z. B. in ihr die kontrollierende Mutter sah.
Sie war deshalb darauf gekommen, weil sie zuvor
daran dachte, dass sie einmal Opfer einer
Übertragung gewesen war, die innerhalb einer
Ausbildung zur Kunsttherapie stattgefunden hatte,

die sie dann abbrach. Eine in Gestalttherapie erfahrene Teilnehmerin – sie hatte in Gestalttherapie 10 Jahre lang Gruppen- und Einzeltherapie gehabt – erkor sie aus, „ihre Mutter" zu sein, da sie sie an ihre Mutter erinnerte. Sie begann verbal wie verrückt auf sie bzw. ihre Mutter einzuschlagen, dass ihr Hören und Sehen vergingen. Sie hatte überhaupt keine Erfahrung, hatte die Aggression der Teilnehmerin auf sich bezogen und nicht realisiert, dass diese ihrer leiblichen Mutter galten, die Ähnlichkeit mit ihr hatte. Andere Teilnehmer*innen waren ebenfalls von der Heftigkeit der Aggression geschockt und äußerten das, jedoch der Therapeut hatte eine kalte Schulter, erklärte nichts, sagte nur, dass jeder, jede selbst für seine, ihre Gefühle verantwortlich sei.

Ihr Sohn schickte ihr einen Link zu einer Sendung, die er mit einer Kollegin moderieren würde: „Wer vertritt Deutschland beim Low Vision Song Contest?" Wie der Titel sagt, sind die Teilnehmenden blind oder sehbehindert. Es geht um den Vorentscheid und zwei Wochen später ist dann das Finale mit Songs aus 16 Ländern. Aus den Bereichen Pop, Rock, Jazz, Singer-Songwriter und Rap haben sich 15 Songs für den Vorentscheid qualifiziert. In den Shows wird mit allen Beteiligten ein kurzes Interview geführt und anschließend ihr jeweiliger Beitrag eingespielt, entweder als Video oder als Audio mit begleitenden Fotos.

Die Krankengymnastin massierte die schmerzende Hälfte. Warum half es ihr nicht? Sie hatte das Gefühl, dass auf der Seite die Angst sitzen würde und sie aus lauter Angst eine Schutzhaltung einnahm, die ihr die Muskeln verspannte und verkrampfte. Sie traute sich gar nicht, sich zu bewegen, aus Angst, dass etwas passiere. Aber was könnte denn passieren? Es könnte etwas zerbrechen, kaputt gehen. Sie selbst könnte angegriffen werden oder sie selbst machte etwas kaputt, sobald sie es in Angriff nahm. War es nicht so mit Nicholaj passiert? Es war in die Brüche gegangen, obwohl sie sich so unglaublich viel Mühe gegeben hatte. Sie war immer wieder auf ihn eingegangen, hatte versucht, die Dinge zurecht zu rücken, Rücksicht zu nehmen, ihm entgegen zu kommen und doch waren alle Versuche gescheitert, den Bach runter gegangen. Sie hatte Angst zu reisen, sich nicht zurecht zu finden, nicht zu begreifen, es ging sogar soweit, dass sie fürchtete, noch nicht mal mehr eine Waschmaschine bedienen zu können oder einen Bus zu besteigen, dass sie nicht mehr wüsste, wie man sich benähme.

Vielleicht müsste sie es nur akzeptieren, dass alles kaputt gehen konnte, dass durch sie selbst etwas in die Brüche gehen konnte, dass sie etwas verschulden könnte, die Last war erdrückend. Wollte sie denn unschuldig sein? Und dass immer alles heil bliebe? Dass nichts sich veränderte, das Alte nicht verging? Ihre Angst war immens.

Sie hatte das große schwarz-weiß Bild hervorgeholt, denn auch diese letzte Bastion von damals, von der schweren, schwierigen Zeit sollte fallen. Sie war bedrohlich gewesen. Sie hatte das ganze Bild 1,1m x 1,2m mit schwarzem Öl bedeckt zu jener schwarzen

Zeit, aber dann, als sie es nicht mehr ertrug, malte sie darauf mit weiß, dafür hatte sie einen Spachtel benutzt, so dass die Räume, die sie schwarz ließ, kleine, schmale Rechtecke bildeten, die sich überall auf dem Bild rhythmisch verteilten. Sie hätte nicht gedacht, dass sie dieses besondere Bild einmal als Grundlage für eine weitere, diesmal farbige Malerei nehmen würde. Aber sie stellte es auf die Staffelei und wurde erstmal von einem Schaudern erfasst, denn die damalige „schwarze" Zeit rückte nochmal an sie heran, Gänsehaut und Schüttelfrost überfielen sie in kleinen Mengen. Sie ließ es erstmal dort auf der Staffelei in der Mitte des Raumes wirken, es erfasste sie eine große Traurigkeit, aber sie spürte auch die Last, die sie mit der Weiterverarbeitung abwerfen würde.

An der Elbe sah sie den Mann mit seinem Hund, der ihr immer transparent erschien, denn sein Fell war grau und weiß, aber wie von Glas. Der Mann saß mit seiner Begleitung und einem anderen Mann mit Hund in der Sonne. Er trug eine Sonnenbrille und hatte seine Jacke ausgezogen. Sie ging nicht zu ihnen.

Sie dachte an Nicholaj, dass es sie belastete, weil es gar nicht aufhörte, dass sie an ihn dachte. Sie schien wie besessen von ihm. Aber eine Therapie würde ihr ganz sicherlich nicht helfen. Sie wusste, sie würde ihn nie mehr loswerden, er war offenbar wie von ihrem eigenen Fleisch und Blut. Das war übertrieben, aber es war nicht normal. Es war krank. Sie kam sich wehr- und machtlos vor. Diesem merkwürdigen Sachverhalt ausgeliefert. Sie musste einfach damit weiterleben wie sie ja auch mit anderen Männergeschichten aus ihrer Vergangenheit weiterlebte. Es war nur so, sie war mit ihm so sehr eine andere geworden, eine, die ihn voller Liebe betrachtete und anfasste.

Auf der Rückfahrt im Bus, setzte sich ein älterer Mann in ihre Blickrichtung, der sich einen Kugelschreiber ins Ohr steckte und diesen rüttelte. Danach klebte er eine Pflaster auf die Zeitung, die er auf seinen Knien ausbreitete. Seltsamer Fahrgast.
Eine Frau im Bus stieß sich daran, dass zwei Taschentücher auf dem Boden lagen, sie stand auf und schob sie mit dem Fuß zur Tür. Sie hoffte wohl, dass sie hinausflögen, wenn diese sich an der nächsten Station öffnete. Aber das taten sie nicht, deshalb stand die Frau nochmals auf und wollte sie schnell mit ihrem Schuh aus der geöffneten Tür hinausschubsen, aber da schlossen sich die Türen. Die Frau schien verzweifelt.
Es gab seltsame Menschen, sie hatte dieser Tage früh morgens, als sie an der Binnenalster schrieb, eine Frau mittleren Alters beobachtet, die herumlief und aus einer Wasserflasche auf alles Mögliche spritzte, auf den Bürgersteig, Müllkörbe, Lampen, Pfosten, sie spritzte auch in die Luft. Wenn die Falsche leer war, holte sie aus dem Kofferraum ihres Wagens eine nächste Flasche und begann dasselbe „Spiel" von vorne. Als es sich belebte, zog sie eine Maske an und fuhr mit ihrer Aktion fort. Vielleicht war in den Plastikflaschen ein Desinfektionsmittel?

Zuweilen dachte sie auch an die ältere, fleischige, große Frau, die eine Glatze trug und zahnlos war. Sie rauchte immer dicke Zigarren.

Ihr schien, es gab viele verlorene Seelen.

Wie würde sie herumlaufen, wenn sie 75 oder 80 wäre? Man konnte es nicht vorhersagen, vielleicht würde sie selbst auch merkwürdig werden und seltsame Dinge tun.

Es bekümmerte sie auch eine Frau, vielleicht 60, die immer in schwarzer Hose und weißem T-Shirt gekleidet an der Binnenalster am Jungfernstieg saß. Einmal hatte sie gerufen: Wage es nicht, meine Master Card zu stehlen. Sie hatte immer einige schwere Taschen bei sich. Sie konnte nicht sagen, ob sie auf der Straße lebte. Verwahrlost sah sie nicht aus. Aber sie war fettleibig geworden. Das konnten Beruhigungsmittel sein.

Sie wusste nicht, wie sie sie ansprechen könnte. Manche reagierten dann aggressiv. Und was wollte sie ihr sagen?

Als sie sich eines Tages umdrehte, weil sie laute Stimmen hörte, sah sie sie im Streit mit einem jungen, schwarzen Mann, der ihr ein Smartphone aus der Hand schlug. Sie verstand nicht, was sie sagten, sie schienen sich gegenseitig zu beleidigen, zu beschimpfen, das Wort Afrikaner fiel. Er spuckte sie aus 2 Meter Entfernung an und ging dann fort. Während sie weiterschimpfte, ordnete sie ihre Sachen und brachte den Müll, der ihr zu Füßen lag, ein Taschentuch und ähnliches, zum Mülleimer, der einige Meter entfernt stand.

Sie dachte an den „low vision song contest", den ihr Sohn und eine Kollegin moderierten. Sie hatte ihn live auf YouTube mitverfolgt und war überrascht, dass mehrere von den 15 Songs sehr gut waren. Sie stimmte auch mit ab und der Gewinner Benjamin Michael mit seinem Song „The things (Don't you worry)" war auch ihr Favorit neben einer Favoritin cass.... Man sah jedes Mal die beiden Moderatoren und den jeweiligen Sänger, die jeweilige Sängerin mit einem Video und seinem/ihrem Song. Es waren interessante Interviews. Sie war bereits gespannt auf die nächste live Sendung, wenn der deutsche Gewinner auf die der 16 anderen Länder treffen würde, die dann wohl wieder im selben Stil und Setting vorgestellt würden, aber sie würden dann in Englisch moderieren, ihr Sohn und eine Griechin aus Belgien. Toll, was das Team vom Deutschen Blinden- und Sehbehindertenverein auf die Beine gestellt hatte.

Sie selbst wollte am Wochenende das neue Fotobuch anlegen „Die Elbe bei Övelgönne" Formen Licht Farben Bewegung. Es stimmte, die Elbe war ihr unersetzlich. Wie würde sie ohne sie überleben, in den Tag finden? Der lebendige Fluss, das Plätschern, die Containerschiffe, die einliefen und gelöscht wurden, die Strandläufer, sogar die Hunde würde sie jetzt nicht mehr missen wollen.
Manchmal spürte sie doch, dass es weh tat, dass sie an der Elbe zu keiner Gruppe dazu gehörte, weder war sie Anwohnerin, noch hatte sie einen Hund.

Ihre Schwester war wieder oben auf. Sie waren zum Grillen bei der Tochter mit Familie eingeladen, die Schwiegermutter würde auch da sein, sie schrieb, es würde sicherlich lustig werden.

Ihr Sohn schrieb, er baue eine Ukulele zusammen, deren Bauteile er im Internet bestellt habe.

Der 85-jährige Nachbar ihrer Wohnung gegenüber, bekam seit einiger Zeit Krankengymnastik zu Hause, die er im Treppenhaus ausführte zusammen mit seinem Therapeuten, der die Übungen ansagte.
Später sah sie ihn mit Rollator in der Straße, um den Hals eine steife Halterung, sein Kopf war gesenkt.
Hoffentlich blühte ihr das nicht auch noch.

An der Elbe sah sie den Mann mit seinem Hund und seiner Begleitung und anderen Frauen, die auch immer da waren. Vielleicht nahmen die beiden es ihr übel, dass sie nicht dazukam, da sie doch mit ihnen geplaudert hatte. Sie wusste es nicht, jedenfalls gingen die beiden, als sie mit ihren Hunden ihren üblichen Spaziergang machten, an ihr vorbei, sie sahen noch nicht mal zu ihr, die auf einem Stein saß, gesehen hatten sie sie sicherlich. Andererseits war sie vielleicht doch zu weit weg, sie gingen unten am Wasser und sie saß oben am Strand. Sie hatte wohl erwartet oder gehofft, dass sie ihr zuwinkten.

Gestern hatte sie einen sehr schlechten Tag, ein Sonntag, Sonntage waren generell meistens schlecht. Sie war regelrecht an einem Tiefpunkt angelangt, sie machte mal wieder alles schlecht an sich und an anderen, nichts blieb mehr gut und heil. Sie fand ihr Leben verpfuscht, wertlos ohne Sinn und Verstand. Sie hatte nichts Vernünftiges auf die Beine gestellt. Mit ihren künstlerischen Arbeiten trat sie nicht nach außen.

Sie war deprimiert, sie fühlte sich wie in einer Jauchegrube. Obwohl sie gestern es geschafft hatte, eine halbe Stunde lang Gymnastik zu machen. Trotz der Schmerzen und Beschwerden.

Vielleicht war sie auch frustriert, weil sie das Buch „Die Elbe" anlegte und beim Durchsehen der Fotos, fand, dass sie wegen Ermangelung schönen Wetters, oft recht betrübt waren.

Und auch wusste sie plötzlich nicht mehr, ob sie das schwarz-weiß Bild wirklich mit Farben überdecken wollte.

Aber dann, als ihre Gedanken wieder um das Für und Wider ihres Nizza „Urlaubs" kreisten, wurde ihr klar, dass sie es als Versagen empfinden würde, wenn sie nicht führe wegen Nicholaj. Das würde sie sich nicht verzeihen, dass sie so eine Schwächling*in und Feigling*in wäre. Sie würde sich freuen, wenn sie es geschafft hätte, diesen seit über anderthalb Jahren geplanten, erhofften Urlaub anzutreten und ihn in Nizza verlebt zu haben. Dieses Gefühl freute sie, ja sie hatte das eindeutige Gefühl, sie wäre damit die Gewinnerin, hätte die schlechten Phasen, Erlebnisse hinter sich gelassen, könnte sich über den Gewinn freuen, sie hätte doch etwas für sich gemacht. Auch wenn es zu keinem Treffen mit Nicholaj käme, aber sie hätte es geschafft zu verreisen, dort zu sein, Mittelmeerluft zu atmen und auf das blaue Meer zu schauen. Vielleicht waren es diese „siegesgewissen" Gefühle, die sie heute belebten und wohl auch, dass sie zum ersten Mal in diesem Jahr nur eine Jeansjacke trug, ihre schwere Winterkleidung abgelegt hatte, denn das Wetter war warm.

Hinzu kam auch, dass sie den Film „Huss" gesehen hatte, indem es um häusliche Gewalt ging, ein Mann, ein Unschuldslamm, der seine Ehefrau immer wieder schlug, wenn die Polizist*innen abgezogen waren. Der Film war sehr eindringlich. Der Mann, der nicht verhaftet werden konnte, weil die Frau ihn nicht anzeigte, wurde von den Polizisten verprügelt, das nannten sie, ihn einer Korrektur unterziehen. Er sollte fühlen, was seine Frau fühlte.

Als sie so über den Film nachdachte, fragte sie sich, ob Opfer und Täter sich nicht vielleicht suchten, anzogen, magnetisch. Natürlich unbewusst, aber ob es da nicht einen Mechanismus gäbe, der sie mit einander verstrickte. Die Sucht nach seinen harten, männlichen Schlägen, dass sie immer wieder die Schläge sucht, um sich immer wieder ihre Nichtswürdigkeit zu bestätigen, die sie vielleicht schon in der Kindheit und Jugend erlebte.

Und sie selbst? Suchte sie nicht auch immer wieder Nicholajs Demütigungen?

Als sie ihren langen Weg entlang der Elbe, die Ebbe hatte, zurückging, fand sie abermals eine Austernschale, sie war kleiner und flacher, aber auch sehr schön, sie fotografierte auch kleine Schnecken und den weiten Strand. In Övelgönne, wo die Boote lagen und sie auf den Bus wartete, fotografierte sie ein arbeitendes Paar, sie bediente eine Schleifmaschine, holte damit wohl den alten Lack herunter, sie hatten Musik laufen, der Sänger sang gerade „...herzlich willkommen im kulturellen Aschenbecher....", vielleicht war das Lied in der Corona Zeit geboren, in der die Kultur nur online verfügbar war und nur teilweise.

Sie hatte doch wieder einen Tiefpunkt. Lag es daran, dass sie „die beiden" an der Elbe gesehen hatte, die nicht gewunken hatten, sondern taten, als sähen sie sie nicht. Warum tat ihr das weh. War es wieder eine Übertragung ihrer Gefühle? Es war außerdem sehr schlechtes Wetter. Warum hatte sie sich überhaupt aufgemacht. Diesmal in Gummistiefeln und Trenchcoat, aber es war zu kalt, sie fror, gestern noch heiß, heute kalt, wie in ihrem Gefühlsleben.

Sie begegnete mehr oder weniger immer denselben Menschen, die denselben Rhythmus hatten, früh rausgingen. Obwohl sie sie nicht näher kannte, war es die einzige Gewährleistung auf großer Distanz dazu zu gehören zu diesen Leuten, die sich auch früh morgens auf den Weg gemacht hatten.
Später hätte sie Krankengymnastik, aber war so erledigt, dass sie sich davor etwas hinlegte. Die Massage und die Fango waren gut, aber sie war wie vor den Kopf geschlagen, depressiv. Sie hatte, bevor sie losging, noch das schwarze Papierbild ausgerollt

und über das schwarz-weiße Ölbild gehängt, denn auch das schwarze Papierbild, eine lange Rolle, wollte sie verändern. Es war noch schlimmer als das Ölbild. Es war gut, dass sie es verändern wollte. Aber heute nicht, dann kam die Nachricht, dass auch Eurowings ihren Flug annulliert hatte, zweimal war ihr das mit EasyJet so ergangen, die jetzt erst ab April 22 flogen und nun Eurowings. Sie hatte die Nase voll. Sie schrieb zwar an Ren. und hängte die Flug Stornierung an, aber sie könnte es verstehen, wenn auch sie nun gänzlich die Nase voll hätte. Bliebe dann noch der Zug. Das musste dann wohl so sein. Wenn nicht auch da noch etwas passierte. Sie war fix und fertig.

Jo schrieb, dass sie morgen ihren letzten Arbeitstag habe und auch nicht mehr so lange sitzen könne. Die Geburt ist im Juli.

Vielleicht hatte sie unbewusst geahnt, dass es mit der Fliegerei schief gehen würde und war deshalb so tief betrübt. Sie dachte daran, dass sie für Nicholaj gestern Abend den rosaroten Himmel fotografierte und ihm geschickt hatte.

Im Radio spielten sie ein Lied („Fran och med här" ?), von dem der Moderator sagte, dass es darum gehe, dass die Sängerin Maia Hirasawa einen bestimmten Mann nicht aus ihrem Kopf bekäme.

An der Elbe sah sie „die beiden" von weitem am Strandkiosk sitzen mit einer weiteren Person. Sie selbst ging unten am Wasser entlang. Allerdings kam das Grüppchen ihr entgegen, als sie auf dem Rückweg war. Obwohl sie ja nicht diejenige sein wollte, die etwas sagte, tat sie es doch, als sie auf gleicher Höhe waren. Sie bezog sich mit ihrer Frage auf eine Auftragsarbeit der Hobby-Keramikerin, auf das vorgegebene Motiv. Zu ihm sagte sie, dass sie erstmal ihre Krankengymnastik zu Ende führen wolle bevor sie vielleicht zu seiner Frau, der Zahnärztin, ginge. Er sagte, es sei ja auch nur eine Idee gewesen, dass ihre Schmerzen vom Kiefer kommen könnten, sie erwiderte, dass es gut sei, Ideen zu haben. Und fragte ihn, da seine Begleitung sich bereits mit der anderen Person unterhielt, ob er auch mit seiner Frau spazieren ginge? Er meinte, selten, denn sie würde sehr schnell gehen. Sie fragte ihn noch, ob es seine Tochter sei, die da mit ihnen spazieren ginge. Er nickte und sie meinte, dass passe doch auch zum heutigen Vatertag. Alles in allem war sie erfreut über die freundliche Unterhaltung. Sie wünschte der Frau viel Erfolg für die Auftragsarbeit und diese sagte, das könne sie gebrauchen.

Sie hatte sich zuvor Gedanken darüber gemacht, dass sie vielleicht neue Freunde finden müsste, denn alles Alte war in die Brüche gegangen. Als sie vom Bus zum Strand ging, hörte sie hinter sich die Stimme von Ma., mit der der Kontakt zum Stillstand gekommen war nach Jahren. Sie war immer diejenige gewesen, die die Treffen initiierte, Ma. hingegen diejenige, die sie allermeistens verschob und immer wieder verschob, und jetzt hatte sie keine Lust mehr, immer verschoben zu werden. Vielleicht nach Ostern hatte Ma. zuletzt nach mehreren Verschiebungen geschrieben, aber es kam nichts mehr. Das letzte Treffen mit ihr lag viele Monate zurück.

Sie drehte sich nicht zu der Stimme um, die Ma. gehörte. Sie gingen oben entlang und sie unten am Strand.

Dort traf sie auf ein Pärchen, die auch so gut wie täglich kamen und auch zuweilen mit den anderen herumstanden. Dieses Mal wagte sie es und grüßte die Frau, die freundlich zurückgrüßte, der Mann war in Gedanken versunken, hatte wohl im allerletzten Moment etwas mitbekommen. Er hatte neulich eine kleine schwarze Figur mit erhobener Faust auf der Mauer fotografiert. Sie fand es bemerkenswert, dass er die kleine Mauermalerei wahrgenommen hatte. Vielleicht war er auch ein Künstler? Sie freute sich jedenfalls, dass es geklappt hatte mit dem Grußkontakt.

Etwas weiter wie gesagt, traf sie dann auf „die beiden". Vielleicht würde ein neuer Freundeskreis entstehen, überhaupt ein Freundeskreis. Der Mann, von „den beiden" kam ihr vor wie ein Lebensretter für die Frau, die Hobby-Keramikerin. Sie betonte stets, dass es nur ein Hobby sei. Wahrscheinlich, weil diese auch alleine lebte und er täglich mit ihr spazieren ging, aber vielleicht stützte sie ihn auch.

Sie traf gestern nach langer Zeit An., die gerade eine Fastenkur machte, Buchinger Fasten, sie spazierten in Planten und Blomen an blühenden Blumen und blühenden Sträuchern vorbei. Sie erzählte ihr von ihrer Angst vor einem Flug mit Zwischenstopps. Doch sie meinte, dass es nicht schwierig sei, man steige aus dem Flugzeug zwar aus, aber komme ja wieder in die Halle, und da suche man auf den Anzeigetafeln, wo der nächste Flug abfliege. Das klang tatsächlich nicht schwierig und deshalb guckte sie nochmals nach Flügen. Sie fand tatsächlich für das eigentliche Datum Flüge mit einem Zwischenstopp. Aber sie griff nicht zu. Denn sie war so gestresst und die Tatsache, dass sie vor Ort auch auf der Straße Maske tragen müsste, machte ihr Angst. Deshalb nahm sie das Angebot von Ren. an, die geschrieben hatte, entweder sie komme im Juni oder dann im September oder Oktober, Juli und August sei belegt. Sie schrieb ihr, dass sie gerne für September zusagen wolle in der Hoffnung, die Lage habe sich überall entspannt.

Das schrieb sie auch an Nicholaj, damit er sich entspannen könnte, dass sie nicht käme, sondern erst im September, sie schrieb auch, dass sie hoffe, dass er dann bereit sei, sich mit ihr für einen Kaffee, für ein Friedensgespräch, zu treffen, denn nach zwei Jahren müsste das doch möglich sein. Aber er war ja ein sturer Kopf. Es war nicht ausgemacht, dass er darauf eingehen würde.

Doch dann entschuldigte sie sich umgehend bei ihm, denn er konnte ihre Hoffnung auch als Anspruch empfinden, dass sie bestimmte, was nach zwei Jahren richtig wäre, richtiges Verhalten wäre. Wenn er für sich entschied, dass er sie auch nach zwei Jahren nicht wiedersehen wollte, so war das zu respektieren. Er musste ja nicht zwangsläufig ihrer Meinung sein, nach zwei Jahren bereit sein, Frieden zu schließen. Was auch sowieso Quatsch war. Was sollte das denn für ein Frieden sein? Denn nichts war vergangen, alles, was gewesen war, würde doch nach wie vor zwischen ihnen stehen. Sie konnte nicht nachträglich die Beziehung verändern, was da gelaufen war, war da gelaufen. Sie konnte nichts davon wegwischen. Sicher, sie wünschte sich, er könnte verzeihen, aber er konnte das nicht und sie im Grunde doch auch nicht, sie tat sich nur sehr schwer damit, sich das einzugestehen. Sie wollte doch auch nicht mehr. Sie wollte doch auch nicht mehr leiden, so schrecklich leiden, wie sie es getan hatte.

Und was ihre Angst vor ihm betraf und ihrem Gefühl, ihm ausgeliefert zu sein, kam es nicht daher, dass sie glaubte, er würde über sie bestimmen, weil er mit ihr radikal Schluss gemacht hatte, eine radikale Trennung vollzogen hatte. Dabei hatte er damit ja gar nicht über sie bestimmt, sondern er hatte etwas für sich selbst bestimmt, und das war sein gutes Recht. Sie musste ihre Sicht zurechtrücken, neu justieren.

Zu Hause trug sie die letzten Farben auf das ehemals ganz schwarze Papierbild, das eine Höhe von 2m hatte, und 1,1m Breite. Sie sah, dass sie damals auf das Papier geschrieben hatte, April 2012, also eigentlich noch gar nicht so lange her, neun Jahre. Sie schrieb nun das neue Datum dazu. Und widmete es dem „Lebensretter".

Sie meldete sich schweren Herzens auf einem Partnerschaftsportal an, aber natürlich, es meldeten sich ganz junge Typen, die sie massieren wollten und dergleichen oder wirklich alte Männer mit dicken

Bäuchen. Sie meldete sich wieder ab. Männer in ihrem Alter suchten Frauen bis 60 maximal bis 65. Aber sie war 72!

An. schrieb ihr, dass sie ihren Fotoband „Gezeiten" heute bestellt habe. Das freute sie.

Eigentlich wollte sie nicht an die Elbe, aber wo sollte sie hin? Für sie war das Plätschern der Elbe, der Wellengang, die Geräusche vom Hafen und den Schiffen so lebendig, wie wenn andere zu Hause nach dem Aufstehen mit jemandem reden konnten.

Sie sah zunächst nur den Mann und wollte auf ihn zugehen, aber dann sah sie auch die Frau, die sich einen Kaffee holte, und so ging sie hinunter zum Wasser.

Sie dachte an das Verbot ihrer Mutter, ihren Vater in Beschlag zu nehmen, das mochte sie nicht, sie fühlte sich immer unwohl, hatte ihrer Mutter gegenüber ein schlechtes Gewissen, wenn sie etwas von ihrem Vater wollte, Nähe suchte und ließ es bleiben. Auch ihr Vater hatte dieses Kontaktverbot lautlos von ihr vorgeschrieben bekommen und hielt es ein. Man ging sich aus dem Weg. Das war deprimierend und entwürdigend. Aber ihre Mutter kontrollierte die Kontakte. Hatte ein Auge darauf, und so fühlte es sich jetzt auch an. Der Automatismus hatte unbewusst wieder gegriffen: Die spontane Reaktion war, dass sie zu ihm wollte, ein paar Schritte in seine Richtung ging, sich schon freute, aber dann sah sie die angeblich verbietende Frau, die das nicht wollen würde und ihr die Kontaktaufnahme zu ihm verbot, weshalb sie nicht weiter auf ihn zuging, sondern hinunter zum Wasser. Es war unglaublich, dass der tiefsitzende Mechanismus immer noch wirksam war und sie sich fügte.

Ihr fiel C. ein, die einmal zu ihrem Partner sagte, der die Pflegetochter zu Bett gebracht hatte und sie dabei ein ungutes Gefühl hatte: „Ich ! bin deine Frau"

Auf dem Rückweg begegneten sie sich dann doch und sie sagte, ob sie gar keinen Regenschirm hätten, denn es waren dunkle Wolken aufgezogen. Die Frau sagte, dass sie ja eine Öljacke trüge. Dann stellte sie sich mit Namen vor, und die Frau sagte, sie heiße N.. Fragend schaute sie den Mann an, der daraufhin auch seinen Namen nannte. Sie sagte noch, dass man sich hier wohl duzen könne und N. sagte, auf jeden Fall, der Mann stimmte dem zu und damit gingen sie weiter, was sie etwas betrübte, dieses Mal hatte sie das Gefühl zu stören. Sie war betrübt, dass es nur einen kurzen Schlagabtausch gegeben hatte, kein wirkliches Gespräch. Aber was erwartete sie denn auch? Sie zweifelte, ob sie auf gutem Wege war.

Bevor die sie die beiden traf, begegnete sie der Frau, die wieder ihre gelben Jacke trug, auch eine Öljacke. Sie begrüßte sie mit ihrem Nachnamen, den wusste sie von ihrer Kunstpostkarte, die sie ihr einmal gegeben hatte, weil sie auch immer so farbenfroh daherkam wie ihr Bild auf der Karte. Aber es war doch komisch, mit Nachnamen angeredet zu werden. Sie hatte gesagt, dass sie so gebräunt aussehe, die Frau meinte, dass sie sich gerne der Sonne aussetze und das ohne Sonnencreme, aber jetzt müsse sie auch aufpassen.

Die neuen Daten für Nizza lagen fest. Es war gut, dass es noch vier Monate dauerte, denn sie hoffte, dass sich bis dahin die Corona Lage gebessert hätte und auch war sie immer noch nicht im Reinen mit Nicholaj, sie konnte und wollte ihn nicht vergessen, und das war schlecht. Sie hoffte jetzt, dass die Zeit ihre Gefühle abtragen würde, dass auch der Groll, den sie auf ihn hegte, sich auflöste, sie spielte doch nur die Scheinheilige, als wenn sie inneren Frieden mit ihm gemacht hätte, aber das war nicht so, sie spürte immer noch den ganzen Unmut, die Wut über die Demütigungen, die sie über sich ergehen ließ. Sie hatte es mitgemacht.

Und jetzt würde sie das schwarz-weiße Ölbild verändern…

Ja, das tat sie gestern Abend auch noch. Sie setzte Rot in die Mitte, darunter ein Orange oder Goldgelb und darunter ein Zitronengelb und neben dem Rot war rechts eine blasses Rosa entstanden, aber es war erst ein Drittel „voll".

Sie frühstückte an der Elbe für sich allein, was traurig war, aber da sie keinen Espresso mehr am Strandkiosk kaufte, mochte sie sich nicht mit ihren mitgebrachten Sachen dazustellen. Einen Hund hatte sie ja auch nicht, was für manche der Grund war, dort stehen zu bleiben und den Hunden zuzuschauen oder mit den anderen Besitzer*innen zu sprechen.

Allerdings war heute früh auch ein Pärchen auf dem Steinturm und hatte sein Frühstück ausgebreitet, aber richtig mit Teller und so.

Am Strand begegnete sie dem pensionierten Lehrer mit seiner Hündin, sie fand, dass er schlecht aussah. Er war zweimal geimpft seit gestern und hatte nächste Woche einen Arzttermin. Das war gut, denn er schien ihr gebrochen, jedenfalls nicht in Schwung. Sie redeten ein bisschen über ihre Impfungen und gingen in verschiedene Richtungen weiter, indessen hatte die Hündin mehrere Löcher gegraben und ein Spaziergänger meinte, dass sie wohl einen Tunnel nach Istanbul buddeln würde.

Ihre Schmerzen waren immer noch nicht weg. Es war zum Verzweifeln.

Sie sah „die beiden" mit anderen von weitem und ging hinunter zum Wasser. Sie dachte an ihre Angst vor Nicholaj. Warum nur hatte sie so viel Angst vor ihm. Steckte dahinter ihre Wut. Dass sie im Grunde stinkwütend auf ihn war und stattdessen Angst vor ihm hatte? Oder war es die Angst, die seine Ablehnung in ihr auslöste, denn sie schien sich mit dem Gefühl, unerwünscht zu sein, zu verknüpfen, und dass machte ihr Angst, denn sie war ja da, auf der Welt. Das aber löste Schuldgefühle in ihr aus, dass sie unerwünscht war. Nicholaj wollte ihr sicherlich nicht ihr Existenzrecht nehmen und sie auf dieser Erde für unerwünscht erklären, sondern es ging ihm ja nur um sich selbst, dass er seine Ruhe haben wollte, in seinem

Leben war sie unerwünscht, nur dort und nicht auf der ganzen Erde. Immer wieder musste sie sich solche Zusammenhänge klar machen, das half ihr zumindest ein wenig, sich nicht in die totale Isolation zu begeben.

Sie hoffte, dass sie in drei Monaten und drei Wochen mit ihren Gefühlen weitergekommen sein würde, als sie es jetzt war, deshalb war es ja auch gut, dass sie die Reise auf den Herbst verschoben hatte.

Sie würde sich nun wieder dem Bild widmen, hellblau auftragen.

Das tat sie gestern Abend noch, hellblau und kräftiges mittelblau, auch mittel und hellgrün kamen ins Spiel, ihr fielen die Schwünge auf, das lag wohl daran, dass sie die alte rhythmische Struktur des Bildes, das, wie sie sah von 2000 war, beibehielt soweit das ging. Insgesamt erinnerte es sie an Chagall, wegen der Farben und wegen der Schwünge, es war nicht das erste Mal. Aber es war lange noch nicht fertig.

Gestern war es auch, als sie überraschender Weise eine Antwortmail von einer Mitschülerin bekam, sie schrieb in Schreibschrift: Dann sind wir ja jetzt wieder über E-Mail in Kontakt. Sie schrieb aber nichts Persönliches, sondern nur, dass sie ja die Klassentreffen nicht besucht hätte und dass sie ihre Werkschau interessiere, sie würde mal hineinschauen, wenn die Bauchläden wieder öffneten. Da die Werkschau nicht ohne vorherige Bestellung in den Buchhandlungen ausliegen würde, schickte sie ihr 10 Einblicke ins Buch und sagte, dass sie sich über ihre Mail gefreut hätte. Sie dachte daran, dass sie nichts verband bis auf die Tatsache, dass der Mitschüler P. sich nach ihrem Bruch dieser Mitschülerin zuwandte. Er hatte sie verliebt gemacht, sie dann aber zurückgewiesen zu einem Zeitpunkt, als sich ihre Gefühle voll entfaltet hatten – so war es auch mit Nicholaj -, P. sagte in diesem Moment, er habe eine feste Freundin. Sie war schockiert und zog sich eine Weile zurück. Woraufhin er sich dieser Mitschülerin zuwandte, die bereitwillig auf seine Zärtlichkeiten einging und sie sich selbst in die schreckliche und demütigende Situation brachte, während der Klassenreise im Zug, wo die beiden nebeneinander lagen und sie mit dem Kopf an seinen Füßen, die sie küsste, während oben sich die Münder der beiden trafen. Schauderhaft. Wie konnte sie sich bloß so erniedrigen. Sie hatte mit der Mitschülerin nie darüber gesprochen, auch vorher hatte sie so gut wie keinen Kontakt zu ihr, wie auch nicht zu den anderen, weshalb es sich auch erübrigte, an einem Klassentreffen teilzunehmen. Es war in der Tat Schnee von gestern. Aber sie erinnerte sich, dass sie einmal bei ihr zu Hause war, wahrscheinlich hatte sie die Mädchen aus der Klasse eingeladen. Jedoch erinnerte sie sich nicht, was dort passierte, nur, dass sie sich fehl am Platze fühlte, weil sie keinen echten Kontakt herstellen konnte. Sie konnte sich nicht erinnern, in den Schulpausen jemals mit ihr gesprochen zu haben, sie war mit einer anderen aus der Klasse sehr befreundet, die schon gestorben war. Sie wusste nicht, ob P. die Mitschülerin darüber aufgeklärt hatte, dass er in festen Händen war oder ob es so lief wie bei ihr, dass er sie auch zurückwies, als sie Gefühle entfaltet hatte.

Heute ging es ihr wieder sehr schlecht. Die Schmerzen, die vom Kopf bis in die Taille zogen und denen weder mit Bewegung noch Ruhe noch Wärme beizukommen war.
Sie machte sich trotz allem auf. Frühstückte diese Mal dort, wo der Strand begann und zog dann schweren Schrittes los. Alles fiel ihr schwer, was sie zu tragen hatte und jeder Schritt, früher hatte sie nie Pausen eingelegt, jetzt lechzte sie danach, sich hinsetzen zu können. Sie registrierte, wer mit wem spazieren ging, aber nicht wirklich. Wie trunken torkelte sie dahin, setzte sich auf dem Rückweg auf die Rampe, die zur Strandperle gehörte und um die ein Absperrband flatterte. Sie kroch unten durch und setzte sich, aber auch nur wagte sie es, weil niemand sonst dort war. Nebenan stand ein Grüppchen, der „Fotograf", den sie mal sah, als er die schwarze Figur fotografierte, seine Frau und ein anderes Pärchen. Plötzlich tauchte der Fotograf auf, um einen Kaffee Becher zu entsorgen. Als er zu ihr blickte, sagte sie, dass sie ihn neulich beobachtet habe, als er eine kleine Figur auf der Mauer fotografierte und dass sie es bemerkenswert gefunden hätte, dass er so ein kleines Motiv entdeckt hätte. Er erinnerte sich und sagte, dass es das Zusammenspiel mit der Treppe war. Es war ihm wichtig gewesen, dass die Treppe, ein Teil der Treppe, mit auf das Foto kam. Sie meinte, ob die Figur nicht eine Faust geballt hätte oder einen Stein

in dem erhobenen Arm hätte. Der Fotograf sagte, er denke nein, suchte jetzt aber die Figur auf seinem Smartphone. währenddessen meinte sie, dass er wohl viele Bilder gespeichert hätte, denn er scrollte und scrollte. Ja, sagte er, er würde jeden Tag etwas bemerken, was er dann fotografiere wie zum Beispiel gestern, da habe eine Frau mit zwei kleineren Hunden einen Ball für diese geworfen, aber wohl etwas zu weit, denn er sei ins Wasser gefallen. Da sei die Frau mit ihrer Kleidung ins Wasser gegangen, um den Ball schnell zu fassen, er zeigte ihr das Foto. Tatsächlich war die Frau bis zur Taille im Wasser, weil urplötzlich eine große Welle gekommen war, die beiden Hunde sahen verdutzt zu. Dann hatte er die kleine, schwarze Figur gefunden und sagte, tatsächlich, man könnte meinen, es sei eine Faust oder sogar ein Stein. Sie sagte, dass sie auch immer wieder ihre Beobachtungen fotografiere und zeigte ihm ein Foto vom Hafen, wo zwei Personen auf dem Schiff arbeiteten, der eine hing oben auf dem Mast, um die Streben zu säubern, der andere sah zu ihm hinauf und sagte etwas zu ihm, der andere schaute nun hinunter zu ihm… ja, sagte der Fotograf, das ist auch interessant. Danach trennten sie sich, hatten sich noch einen schönen Sonntag gewünscht. Er ging wieder zu seinem Grüppchen, und sie ging das letzte Stück Strand zum Bus.

Dieser kleine Austausch hatte ihr sehr gefallen. Es war ein netter Mann mit einer leichten Gehbehinderung, wie sie meinte, und immer in schwarz oder anthrazit gekleidet, seine Frau war auch sehr angenehm. Die beiden waren überhaupt die am auffälligsten ihr nahestehenden Personen. Sie hatte noch gesagt, dass, obwohl es ja immer derselbe Weg sein würde, man immer etwas beobachte, mitnehme. Das fand er auch. Er meinte, mal sei Ebbe mal Flut mal Regen mal Sonne mal Nebel, und es passiere eben immer etwas. Sie fühlte sich verstanden, es ging ihr ja auch so.

Sie hörte die Sprachnachricht ihres Sohnes ab. Er sagte, dass er jetzt sehr viel mit den Vorbereitungen für den „international low vision song contest" zu tun hätte. 17 Länder würden teilnehmen, er müsse sich mit einer Frau aus Berlin, die mit ihm zusammen die Moderation übernehme, absprechen, wer was sage, wer wen interviewe, der Ablauf sei zu planen, die Vorgespräche mit allen Teilnehmenden seien zu führen und Zoomtests müssten durchgeführt werden. Nichtsdestotrotz würden sie heute am Sonntag, wenn das Wetter es zuließe, zum Richtsberg wandern.

Sie wachte 10 Minuten vor vier Uhr in der Nacht auf, und begann, ihren Hals zu massieren, die Muskelansätze am Hinterkopf, die Seitenstränge zu beiden Seiten der Wirbelsäule, etwas tiefer das Schulterblatt, insgesamt eine Stunde lang, sie machte Pausen, dann ging es weiter, damit die Muskeln wieder durchblutet würden. Um sieben stand sie auf. Die Sonne schien, als sie an der Elbe ankam. Der Mann war nicht da, N. saß mit anderen, wie sie von weitem sah, sie ging weiter.

Sie traf den Mann mit dem blauen Stein, der gar nicht hellblau war, sondern beige. Er hatte seine Mutter für ein paar Wochen nach Süddeutschland zu ihrer Schwester gebracht. Sie redeten über Krankheiten und darüber, dass er die Scheidung doch aufschieben würde, denn da müsste jeder 1.500€ bezahlen und er käme gerade so längs mit seinem Gehalt, wollte durch Ratenzahlung keine Schulden anhäufen. Aber zu sagen hätten er und seine Frau sich gar nichts mehr. Froh war er, dass der Kontakt zu seiner Tochter wieder intakt war, sie sich wieder sagen würden, dass sie sich liebhätten und in den Arm nähmen. Mit der neuen Frau, von der ihn 15 Jahre trennten, ging es gut, aber er meinte, dass es für die junge Frau wohl nichts auf Dauer sein würde. Zwar wolle sie keine Kinder, aber wahrscheinlich Karriere machen.

Sie selbst dachte darüber nach, ob sie sich nicht daran machen sollte, eine Person zu finden, die statt ihrer ihr gebuchtes Appartement im September wolle, denn plötzlich schien ihr, dass es die beste Lösung aller möglichen wäre, wenn sie gänzlich verzichtete und nie mehr hinführe.

Sie traf auf einen nackten Mann, der ins Wasser ging. Sie fragte ihn, ob sie ihn von hinten fotografieren dürfe. Er sagte: Gar keine Frage, natürlich! Als er drin war, rief er: War schon mal wärmer! Jetzt sah sie häufiger Nackedeis, die ins Wasser sprangen.

Als sie an die Treppe kam, schaute sie nach, ob die kleine schwarze Figur noch da war, war sie, und so fotografierte sie sie auch, ohne und mit dem Treppenabsatz. Das Foto käme in ihr Fotobuch „Die Elbe bei Övelgönne", an dem sie arbeitete.

Sie hatte gestern noch ein Loch in ihre kleine Auster, die sie hier gefunden hatte, gebohrt und ein Lederband durchgezogen, sie fühlte sich sehr gut damit. Später zeigte sie sie dem Fotografen und seiner Frau, denn es kam zu einem netten Gespräch mit den beiden, denen sie mehr oder weniger in die Arme gelaufen war, als sie gerade einen Schattenplatz auf einer Treppe an der Mauer verließen, und sie darauf zusteuerte. Sie erzählten, dass sie noch vor 4 Jahren in der Schanze gewohnt hätten, wo er die Graffitis fotografierte, aber da sie Arthrose bekam, zogen sie an die Elbe in einen Neubau mit Fahrstuhl und kamen von dort immer zu Fuß hierher. Es fiel der Name Sandberg, dass es eine Busstation ist und auch ein Straßenname, sie sagte, dass auch sie so heiße und die Frau meinte, aber nicht Britta, nein sagte sie, aber sie würde häufiger mal vom Spiegel angerufen, der eine Britta Sandberg sprechen wollte, die dort arbeitete. Sie fragte die Frau, ob sie Kolleginnen seien, sie sagte, nein, wir sind verheiratet, der Mann wies sie dann schnell darauf hin, dass sie Britta gemeint hatte. Jedenfalls waren beide sehr aktiv am Gespräch beteiligt, das war schön. Heute hatte der Fotograf die Strukturen fotografiert, die der Trecker mit seinen Reifen im Sand hinterließ. Der Sand wurde oft umgepflügt. Am Strandkiosk hatten sie neue, blaue Bänke. Pfingsten würde die Außengastronomie öffnen. Ihre Austernschale fanden beide sehr schön.

Am Busbahnhof Altona drehte jemand halbwegs durch, weil der Bus, der alle fünf Minuten kam, nicht pünktlich war, so meinte er. Wieso trödelt der Busfahrer so? Die trödeln alle. Er müsse pünktlich sein. Alle würden sie trödeln. Im Bus selbst redete er weiter davon, dass der Bus endlich abfahren solle und nicht trödeln. Alle würden sie trödeln. Sie hatte das Gefühl, dass er keine anderen Sätze kannte, als immer nur vom Trödeln zu sprechen. Wahrscheinlich hatte man ihm als Kind ständig gesagt, er solle nicht trödeln. Sie konnte nicht anders, sie musste lachen, sie fand es wirklich zum Lachen. Derjenige bekam es nicht mit, weil sie vorne saß und er in der Mitte stand. Nach zwei Busstationen stieg er aus und ging so schnell er konnte auf die Drogenstation zu, das passte.

Im Radio sprach eine Frau davon, dass sich die Menschen, die beengt wohnten, eher mit Corona anstecken würden als diejenigen, die in einer 200m² Luxuswohnung lebten. Sie fand den Vergleich drastisch und ungerecht, denn wer lebte schon in einer 200m² Wohnung?

An der Elbe herrschte Stille. Dunkel. Grau. Niemand. N. saß allein da, also ging sie auf sie zu. Diese fragte sie, ob sie auf ihrer Webseite gewesen sei. Ja war sie, aber sie hatte keine Korkenzieher gefunden. Die kämen noch. Sie hatte gerade 24 Stück im Brennofen, alle anderen waren schon verkauft für je 25€. Sie beklagte sich, dass sie keinen Impftermin bekäme, denn ohne Impfung könne sie ihren Spezie, der in Skandinavien wohne, nicht besuchen und umgekehrt komme er ohne Impfung nicht raus. Sie würden sich seit 30 Jahren kennen, hatten aber 20 Jahre keinen Kontakt, und es sei ja auch noch nicht ausgemacht, ob es zwischen ihnen funken würde, aber die Spannung sei immer da gewesen. Sie sagte, dass sie geglaubt habe, ihr ständiger Begleiter sei ihr Freund. Nein, das wies sie von sich. Er sei ja auch verheiratet und erheblich älter, schon um die 75 Jahre, also 20 Jahre älter. Plötzlich klingelte ihr Telefon. Sie bekam feuchte Augen, als sie aufgelegt hatte, denn sie war überglücklich, weil ihr für morgen ein Impftermin angeboten worden war und sie dann ja ihren Spezie doch noch sehen könnte. Sie sagte, sie sei zu Tränen gerührt und steckte sich eine Zigarette an. Abschließend wünschte sie ihr viel Glück für ihre Auftragsarbeit. Immer mehr Hürden wurden von ihr überwunden, um Fuß zu fassen in der kleinen Elbgemeinde.

Zurück in Ottensen traf sie auf den Afrikaner Ba., ein alter Gast vom coffee balzac, der sich wieder einen Negativtest im Knut abholte. Das machte er sehr oft, denn er arbeitete in einem Steakhaus.
Eine andere Gästin hatte ihr Kind geboren und stillte es gerade auf einer Bank vor dem Café, während ihr Mann Kaffee holte. Ihre Mama saß neben ihr, die ihr die Schiene am Bein zeigte, denn sie hatte Schmerzen. Sie unterhielten sich in Englisch so gut es ging. Sie waren Rumänen oder Bulgaren, sie hatte es vergessen.

Zu Hause angekommen erhielt sie von ihrer Schwester, der sie ein Foto mit Flieder geschickt hatte, eine Nachricht, sie schrieb, dass sie die 2. Impfung gut weggesteckt habe, aber jetzt, am nächsten Tag, im Krankenhaus sei wegen Wasser in der Lunge. Oh je!

Würde sie es heute schaffen, das Bild weiter zu malen? Sie war nicht gut drauf.

Als sie heute nachschaute, hatte das Chagall Museum geöffnet und damit auch das kleine Restaurant-Café la Buvette. Ob G. noch dort arbeiten würde, wusste sie nicht, er hatte damals geschrieben, dass er sich nach einer neuen Arbeit umsehen würde, denn niemand wusste, wie lange der Lockdown anhielte.

Gestern setzte sie sich in den Sand, um ihren Jogurt zu essen, auf den sie Heißhunger hatte und hinterher eine Apfelsine. Neben ihr ließ sich ein Mann mit Helmut Schmidt Hut und schwarzem Hund nieder. Den Hund hatte er für 400€ von einer Tierschutz Organisation, die ihn aus Rumänin herausgeholt hatte. Der Mann sagte, dass er Rentner sei und vor kurzem noch in Kur war, denn er habe seit 8 Jahren einen Tinnitus, in der Kur lerne man, damit umzugehen. Seine Frau sei auch bald in Rente, dann könnten sie beide mit dem Hund spazieren gehen oder abwechselnd, er sei täglich 3 Stunden mit dem Hund unterwegs.

Sie war recht spät an der Elbe und das mit Absicht, irgendwie hatte sie heute keine Lust auf die kleine Elbe-Gemeinde, sie bildete sich mal wieder ein, dass die anderen keine Lust auf sie hätten, interpretierte das in winzige Signale hinein. Sie meinte, dass die Frau vom Fotografen, ihn drängte weiterzugehen, denn sie hatte ihm ihr Foto von der schwarzen Figur gezeigt, wegen der blassblauen bis lila Farbe, weshalb er meinte, so sei es in Griechenland, ihn hätte die Treppe interessiert, weil es für ihn so aussah, als würde die Figur auf der Treppe tänzeln. Es kam ihr vor wie damals, als ihre Mutter, wenn sie mit ihrem Vater Spaß hatte, ihn von ihr wegholte, so empfand sie es jetzt auch.

Es war eigentlich nur eine Stippvisite. Sie wusste nicht mehr, war es heute oder gestern, als sie sich wie ein geprügelter Hund fühlte. Sie hatte Angst vor Nicholaj, den sie als stur, unbeugsam, autoritär, hart, gar brutal empfand. Immer wieder kam sie an diese Station. Die beiden Ölbilder, die sie von ihm angefertigt hatte, entsprachen ihrer jeweiligen Sicht, einmal war er derjenige, der ihr Angst einflößte, vor dem sie zitterte wie ein Kind vor dem jähzornigen Vater, ein anderes Mal war er der liebe, aber der liebe rückte in den Hintergrund.

Sie hoffte, dass ihr die verbleibenden Monate halfen, kompletten Abstand zu gewinnen und das Bedürfnis ihn zu sehen, zu sprechen. versiegte, aber sie freute sich, dass Chagall und das Buvette wieder geöffnet hatten.

Im Internet las sie, dass es auch in Nizza eine pro palästinensische Demonstration gegeben hatte. In verschiedenen Städten in Deutschland mischte sich die Israel Kritik mit Antisemitismus.

Zufällig hörte sie eine Radiosendung mit dem Autor Peter Longerich. Es ging um sein Buch „Antisemitismus: Eine deutsche Geschichte. Von der Aufklärung bis heute". Es war derart interessant, dass sie die ganze Sendung bis zum Ende hörte. Sie fand interessant, dass Peter Longerich meinte, dass zur Identitätssuche der Deutschen der auszuschließende Jude gehört, wenn sie es richtig verstanden hatte. Es hörte sich für sie anders gesprochen so an, als gehörten beide zusammen, wären eins, aber der Jude musste den negativen Persönlichkeitsanteil eines jeden Menschen übernehmen und wurde deshalb ausgeschlossen, damit der Reine, der Arier übrigblieb, der untadelig war. Aller Tadel fiel auf den Juden, der vernichtet werden musste.

Ihre Schwester schrieb, dass man ihr einen Katheter gesetzt und einen halben Liter Wasser entnommen hätte. Was ihren Geburtstag anging, schrieb sie: Alle sind da!

Die Hebamme aus dem Haus schrieb ihr auf WhatsApp, dass sie 3 Dienste hintereinander hatte und jeweils Zwillingen auf die Welt geholfen hätte plus jeweils ein Kind nach Übergabe mit ihrer Auszubildenden, also 9 Babys in 3 Tagen. Jetzt fühle sie sich etwas überarbeitet, gleichzeitig froh, denn es sei ja auch erfolgreich gewesen. Danach hatte sie Ambulanzdienst und nun erstmal fünf Tage frei.

Ihr Sohn fragte, ob sie Zeit und Lust habe, mit ihm einen Kameratest per Zoom für den morgigen „international low vision song contest" zu machen. Ja klar.

Nach mehreren sonnenlosen, regnerischen Tagen, heute früh Sonne. An der Elbe war Ebbe, deshalb ging sie, soweit sie kam. Immer am Wasser entlang bzw. der Ebbe entlang, die viele Strukturen im Sand hinterließ und viele Steine freilegte, aber leider auch viel Plastikflaschen, Plastikbeutel, abgebrochene Sekthälse… Endlich holte sie eine Tüte aus dem Rucksack und begann, den Müll aufzuheben. Es wurden zwei volle Tüten. Mehr Tüten hatte sie nicht. Bevor sie zur Elbe gefahren war, hatte sie die Blumen in der Wohnung ihres Sohnes begossen und nahm den Stapel Papier aus dem Hausflur mit, denn sie wollte sowieso zu den Containern, und die Werbung lag schon länger dort, der Stapel wurde höher und höher. Sie nahm auch die Flasche aus dem Rollator, den jemand dort hineingelegt hatte. Offensichtlich war der über 80jährige Mann schon länger nicht zu Hause, jemand hatte den Rollator direkt vor seine Tür gestellt und die Fußmatte nach dem Putzen an der Wand stehengelassen. Sie legte sie hin. Seine Frau war vor einem oder waren es schon zwei Jahre gestorben. Sie hatte damals im Hausflur um Hilfe gerufen und ihr Sohn eilte eine Etage tiefer. Ihr Mann lag auf dem Boden, sie wusste die Nummer der Polizei bzw. des

Notarztes nicht. Ihr Sohn konnte ihr helfen und blieb bei ihr, bis die Rettungskräfte kamen. Aber dann war sie als erste gestorben.

Das Bild mit den Chagall-Farben und -Formen hatte sie nicht vollenden wollen, es war ihr doch zu statisch trotz der Rundungen. Sie hatte sich fast gezwungen gefühlt, den Strukturen des darunterliegenden schwarz-weiß Bildes zu folgen. Sie übermalte die Farben mit Weiß, was nicht hundertprozentig gelang, aber immerhin war sie die nervenden Farben und Formen los, sie waren nur noch latent sichtbar.

Sie wusste eigentlich nicht, was dann passieren sollte, aber über Nacht hatte sie die Eingebung, es komplett mit Hellblau zu übermalen, die Farbe der Sehnsucht, der Treue, der Tränen, des Verlustes, des Meeres, des Himmels, der Unendlichkeit, der Verlassenheit, des Ankommens, des Geborgenseins und des auf weiter, breiter Flur Alleineseins, der Hoffnung...

Gestern Abend hatte sie sich noch die Haare geschnitten, hinten abgestuft und an den Seiten bis auf Kinnlänge. Heute setzte sie sich draußen vor eine Bäckerei, die neue Stühle und Tische rausgestellt hatte, Leute waren gerade gegangen, die Tische neben ihr waren frei. Sie bat eine junge Türkin, die mit ihrer Mutter Platz nahm, um ein Foto. Sie hatte ihrer Meinung nach ein gutes Foto von der Seite aufgenommen, sie wollte nur von der Seite fotografiert werden, weil sie sich nicht mehr so attraktiv fand. Es wurde ein akzeptables Foto, weil das Haar so schön fiel. Als Dank gab sie ihr eine Kunstpostkarte. Sie machte gerade ihre Prüfung zur sozialpädagogischen Assistenz, wenn sie dann noch zwei Jahre dranhinge, wäre sie ausgebildete Erzieherin. Aber ob sie das wollte, wusste sie noch nicht. Der junge Mann aus Mazedonien, der die Bäckerei übernommen hatte, den sie noch von früher kannte, als er gerade mit der Schule fertig war und in dieser Bäckerei jobbte, war inzwischen mit einer Albanerin verheiratet, sie hatten schon ein dreijähriges Kind, ein Junge mit dem Namen seines verstorbenen Großvaters.

Zu ihrer Elbgemeinde hatte sie jetzt eine natürliche Distanz gewonnen. Man grüßte sich, man tauschte ein paar Sätze aus und ging seines Weges. Sie hatte keine Sehnsucht mehr dazuzugehören. Es reichte ihr so wie es war. Vielleicht würde der Fotograf und sie ab und an Fotos austauschen, wenn das ginge, aber wenn das nicht ginge wegen seiner Frau, dann ginge es eben nicht. Es war nicht schlimm, wäre nur interessant gewesen. Gerne hätte sie ihm das Sandwellen-Foto gezeigt, welches sie in ihr Buch „Die Elbe bei Övelgönne" aufnehmen würde.

Von Nicholaj hörte sie nichts. Er schwieg wie ein Grab. So sagte ihre Mutter früher. Sie hatte ihm mitgeteilt, dass sie wohl eine alte Bekannte, die mit ihrem Mann in Südfrankreich seit vielen Jahren lebte, für einen Tag besuchen würde, wenn sie im September käme. Aber mal sehen, ob daraus was würde, denn sie lebten doch zwei, drei Stunden von Nizza entfernt auf dem Land. Sie vermieteten auch und hatten wegen der Lage wahrscheinlich nur Gäste, die mit dem Auto kamen. Sie hatte Nicholaj geschrieben, dass, wenn sie sich sehen wollten, dann müssten sie das berücksichtigen, dass sie eventuell an einem Tag der Urlaubswoche nicht in Nizza wäre.

Ihre Schwester schrieb von einer guten Nachricht, nämlich, dass kein Wasser in die Lunge nachgelaufen sei. Das gäbe ihr Zuversicht. In zwei bis drei Wochen würde ein Ultraschall gemacht.

Sie dachte daran, das nächste, große Bild zu übermalen, jenes, das sie bereits 2019 übermalt hatte. Es war ehemals ein Gesichterbild mit zynischen Aussprüchen. 2019 hatte sie eine große, rosa Mitte darauf gemalt, sie mutete wie ein vibrierendes Herz an. Jetzt hatte sie den Wunsch, es grün werden zu lassen, wieder einfarbig oder dieses Mal eine helle und eine dunklere Seite, aber nicht wirklich dunkelgrün, sondern mittelgrün und hellgrün. Sie freute sich schon darauf. Es wäre viel Arbeit.

Es war tragisch, was sich in Belarus abspielte, die erzwungene Landung, die Verhaftung des oppositionellen Journalisten und seiner Freundin, das Video, das Spuren der Gewalt in seinem Gesicht aufwies, eine abscheuliche Tat.

Sie würde das Grün doch nicht in Dunkel und Hell aufspalten, sondern die ganze Leinwand mit Hellgrün übermalen, einem lichten Grün und eine weitere Leinwand mit einem lichten Rosa. Was war los? Wieso übermalte sie ihre Bilder jetzt mit einer einzigen Farbe und alle im hellen Bereich?

Das war merkwürdig, aber sehr erquicklich, denn zufällig traf sie zur gleichen Zeit mit dem Mann, dem Hahn im Korb, am Strandkiosk ein, denn sie wollte auf die öffentliche Toilette. Es saßen schon die Hübschen mit ihren Hunden an der Hauswand und Ka. winkte ihm zu. Jedoch blieb er vor ihr stehen, wandte sich ihr komplett zu, so dass sie von dieser Zuwendung überrascht war und zu ihm sagte: Gut geschlafen? Er machte eine Bewegung, die wohl jein bedeuten sollte und fragte sie, ob ihre Schmerzen nachgelassen hätten. Sie unterhielten sich eine Weile darüber und kamen dann auf seinen zuletzt ausgeübten Beruf, nachdem er beim Radio aufgehört hatte, auf das Klettern. Sie würden auch Kindern manchmal extra die Augen verbinden, um sie zu sensibilisieren, sie stärker in Beziehung zu den „Ankern" zu bringen. Denn sie hatte ihm von ihrem blinden Sohn erzählt und der blinden Laura, der Gewinnerin beim international low vision song contest. Er wollte sich den Song auf YouTube anhören. Es war ein sehr intensives Gespräch und das vor der ganzen "Elbgemeinde". Er sprach immer wieder davon, dass das Soziale wichtig sei, eben auch beim Klettern. Nachdem sie ziemlich lange geredet hatten, sagte sie, dass sie auf Toilette ginge, und er wendete sich jetzt den anderen zu, die schon alle auf ihn warteten, N. war nicht dabei, wahrscheinlich schenkte er ihr deshalb seine Aufmerksamkeit.

Von der Toilette zurück, ging sie sofort runter zum Strand Richtung Bus, fuhr bis zum Rathaus und ging dann das Hohe Elbufer entlang bis zur S-Bahn Königstraße. Zwischendurch regnete es immer wieder, aber sie stellte fest, dass es ein schöner Weg war, den sie nicht zum letzten Mal gegangen sein würde. Sie nahm die S-Bahn an der Königstraße und fuhr bis Jungfernstieg, wo sie bei Denns einen Latte macciato mit Laugen Croissant für zurzeit 2€ im Angebot bekam, woran sie mal wieder nicht vorbeigehen konnte.

Sie war wirklich beglückt von der Begegnung, dass er mit ihr wie mit einem erwachsenen, zivilisierten Menschen eingehend gesprochen hatte, sie hatte sogar gelacht, worüber, wusste sie nicht mehr. Sie hatte ihm erzählt, dass es ihr früher als Schulmädchen nie gelungen sei über den Bock zu springen, dass sie stets drauf zulief, aber dann davor stehen blieb. Er sagte, dass man im richtigen Moment loslassen müsse. Sie meinte hingegen, dass sie sich doch mit ihren Armen, denen sie die Kraft nicht zutraute, aufstützen müsste, also sich damit auf dem Bock festhalten und aufstützen, aber dass dann die Beine nicht hochkamen, um zu springen. Er sagte, dass sie zwar die Arme bzw. Hände aufstützen müsste, aber nur kurz, um sie dann loszulassen gemeinsam mit den Beinen und Füßen. Das klang plausibel, aber sie konnte es sich nicht vorstellen. Was das Klettern anging, war ihr aufgefallen, dass sie sich vorstellte, sich mit den Händen festzukrallen an den Ankern, aber trotzdem das Gefühl hätte, ihr Rücken würde nach hinten und unten fallen, wie wenn er sich von ihrem Körper ablösen würde. Er meinte, dass das geübt werden müsste, das Gefühl sich entwickeln müsste, dass etwas nicht so war, wie sie es fühlte. Das leuchtete ihr ein. Sie fand es sehr interessant, darüber zu reden und war dankbar.

Sie wachte gestern auf und kämpfte gegen Nicholaj, der eindringen wollte. Sie schob ihn zurück hinter eine Eisentür, die sie schloss. Jedoch war das auch keine Lösung, zumal sie in einer Zelle war, eingesperrt, sich dorthin verkrochen hatte. Sie öffnete also wieder und „alles" zerstreute sich.

Im Laufe des Tages hörte sie ihren 85-jährigen Nachbarn, der sich die Treppen hinunterquälte und seiner Frau, die in der Wohnung geblieben war, zurief: Hilde, ich geh Kaffeetrinken! Seit kurzem war das ja wieder möglich und schwupp die wupp gingen die beiden oder einzeln um die Ecke in die Bäckerei, die draußen wieder Tische und Stühle aufgebaut hatte, um ihren Kuchen zu essen und Kaffee zu trinken.

Später ging sie auf die Seite von Eurowings, einfach um zu sehen, ob es immer noch so war, dass sie im Juno nicht flogen. Bis auf drei Termine war dem so. Sie ging weiter in den September, da war er wieder, der einzige nonstop Flug, es stand, es seien nur noch 2 Plätze frei. Ob das stimmte wusste man nicht, aber sie buchte ihren Hin- und Rückflug. Wer weiß, vielleicht kam dann kurz vorher wieder eine mail, dass sie den Flug annullieren würden.

Mit dem Übermalen eines alten Bildes in Hellgrün wartete sie noch, und auch mit dem Übermalen eines in Rosa. Denn vielleicht verflüchtigte sich dieses Ansinnen in ein paar Tagen.

Nachmittags holte sie einen DinA5 Umschlag aus ihrem Briefkasten ohne Absender. Eine sehr akkurate Schrift.
Der Umschlag enthielt eine Briefkarte, auf die Mow. zwei vertrocknete Blumen geklebt hatte und auf der anderen Seite schrieb, dass sie sich entschieden hätte, keinen Kontakt mehr zu ihr zu wollen, und sie möchte, dass sie das respektiere. Sie danke ihr für den gemeinsamen Weg und wünsche ihr alles Gute für die Zukunft.
Mow. war 30 Jahre jünger als sie und vielleicht, so dachte sie sich, war das eine Mutterübertragung, dass sie sich über sie von ihrer Mutter loslösen wollte. Sie wusste es nicht, denn obwohl sie sie schon zweimal gefragt hatte, was los sei, was der Grund des Kontaktabbruchs sei, bekam sie dazu keine Antwort. Sie schrieb ihr, dass sie ihr den Wunsch erfülle, wenngleich sie bedaure, dass sie den Grund nicht sagen wolle. Dass auch sie ihr alles Gute wünsche. Außerdem schrieb sie ihr, dass sie ihre Zeilen mit den vertrockneten Blumen zusammen wie ein ihr eigenes typisches Kunstwerk empfinde, das sie aufbewahren würde, und falls sie mal eine Ausstellung konzipiere,

in die ihr Werk passe, würde sie es ihr natürlich zur Verfügung stellen.

Es überraschte sie und es überraschte sie auch wieder nicht, denn es gab etliche Menschen im Laufe ihres Lebens, die sich von ihr getrennt hatten, oft auf sehr spontane Art, aber es war wohl immer ein Schlag ins Gesicht, wenn es plötzlich kam, doch wie sollte es auch anders kommen.

Auf ihrem Balkon blühte der blaue Rittersporn ganz wunderbar und wuchs in die Höhe. Wenn die Sonne schien, war das Blau zauberhaft. Aber es war zum größten Teil eisig kalt und stark bewölkt. Sie hatte an der Elbe noch ihren Wintermantel getragen und war froh, dass sie ihn angezogen hatte.

Wie gestern erkundete sie, abgesehen von ihrem Gehen am Strand, dem Plätschern der Elbe zuhörend, die Parks auf den Anhöhen. Sie wunderte sich, wie still es war und genoss die Geborgenheit der sie umgebenden Gebüsche und Bäume. Nur selten traf sie jemanden, es war wohl noch zu früh. Das war eigentlich die ideale Mischung, Strand und Park. Heute fotografierte sie im Hindenburg Park Angela Davis an eine Mauer gesprüht, unter ihrem Portrait stand, es war wohl ein Zitat: Dich selbst klein zu halten, dient nicht der Welt.

Zurück ging sie am Strand entlang, kurz vor dem Strandkiosk traf sie auf den Mann, der allein unterwegs war. Sie plauderten eine Weile. Er wohnte mit seiner Frau schon 35 Jahre hier und seine jetzt erwachsene Tochter war hier mit anderen Kindern aufgewachsen. Inzwischen studierte sie. Früher gab es den Hafen noch nicht, (die Hafenerweiterung), erzählte er, stattdessen waren auf der anderen Seite Schrebergärten, man konnte sogar rüberfahren und beim Bauern Milch holen. Heute wurden die großen und kleineren Containerschiffe die Elbe rein und raus gefahren, er bewunderte die „Peking". Man-frau konnte sich die Idylle von damals kaum noch vorstellen. Die meisten Anwohner*innen blieben hier, aber einige zögen auch weg, wenn sie älter würden, denn es war ja nicht so einfach, Lebensmittel zu beschaffen. Sie nutzten den Lieferdienst von Rewe, aber noch sei er gut zu Fuß und ginge auch gerne zum Einkaufen los, um etwas um die Ohren zu haben und sich zu bewegen. Dort, wo sie wohnten, war eine kranke Frau nicht bereit, ihre Wohnung zu verlassen, sie betreuten sie quasi, aber es war auch nicht immer einfach zu entscheiden, sollte man sie ins Krankenhaus bringen oder nicht. Man konnte einen Krankenwagen bestellen, doch es dauerte natürlich, bis der von seinem Parkplatz bis zu dem Haus gelangte. Heute am Samstagnachmittag würden sie Besuch bekommen und im Garten sitzen. Die Gäste brächten Kuchen mit. Sie meinte, hoffentlich schmeckt er, woraufhin er lächelnd erwiderte: Hauptsache süß. Dann gingen sie auseinander.

Heute tatsächlich Sonne. Morgens erstmal noch 6 Grad, weshalb sie wieder in ihrem Wintermantel zur Elbe fuhr, ihn aber später auszog und in den Rucksack verfrachtete. Sie erkundete ein weiteres Mal den Schröders Park, stieg den steilen Hang hinauf, denn der Mann hatte gesagt, dass sie das obere Drittel nicht begangen hätte, wenn sie am Eingang des Parks die Skulpturen nicht gesehen hätte. Zunächst fand sie diese nicht, aber dann stellte sie fest, dass es zwei Eingänge bzw. Ausgänge gab, an dem einen waren tatsächlich auf der einen Seite eine nackte Frau mit Hund und auf der anderen ein nackter Mann mit abgeschlagener Hand, ebenfalls mit Hund. Vielleicht wiesen beide Figuren daraufhin, dass es hier zum Strand hinunterging und viele Leute einen Hund dabeihatten. Während ihres Abstiegs, rastete sie auf einer Bank neben einer Frau, die Gymnastik machte, überdies krachselten mehrere Sportler den Berg hoch und nieder. Als sie am Strand zurückwanderte, sah sie zum ersten Mal in diesem Jahr Segelschiffe auf der Elbe. Und das sehr in Schieflage.

Sie dachte an den Mann, der überlegt hatte, Samstag an einer Fahrraddemo teilzunehmen, zum Erhalt des Baumes. Wie schön. Sie traf ihn und auch die anderen heute nicht. Jedoch auf dem Hinweg, als sie bereits die öffentliche Toilette im Strandkiosk aufsuchen musste, stieß sie auf den Fotografen, der sich gerade Kaffee bestellt hatte. Sie erzählte ihm, dass sie den von ihm und seiner Frau beschriebenen Wanderweg des Hohen Elbufers gegangen sei und dankbar für den schönen Tipp war. Sie zeigte ihm dann das Foto von der Wellenstruktur im Sand als Ebbe war dieser Tage, er zeigte sich sehr angetan von dem Foto. Das freute sie. Seine Frau wartete bereits an einem Tisch mit einem Pärchen. Sie winkte ihr zu und sie ihr zurück. Das war schön. Sie freute sich, dass sie ihm das Foto hatte zeigen können.

Jo schickte ihr ein Foto von ihrem Bauch, der sich vergrößert hatte. Sie wunderte sich, dass sie nur Fotos schickte, die sie von der Seite zeigten, nie von vorne, mit ihren Händen auf dem Bauch. Es ging ihr sicherlich um die Größe des angewachsenen Schwangerschaftsbauches. Bis auf die Diabetes, ging es ihr gut, die auch etwas Gutes hätte, denn sie habe sich noch nie so gesund ernährt.

Die Nachricht ihrer Schwester allerdings beunruhigte sie, denn sie schrieb, dass sie Gott sei Dank noch beweglich sei und die Treppen hoch und runterkönnte, auch im Garten herumgehen, aber das war es auch schon, mehr läge nicht drin. Sie könne froh sein, wenn sich dieser Zustand halten würde, denn es würde ja nicht besser werden. Meinte sie damit, dass ihre Zeit gezählt war?

Zurück in ihrem Stadtteil kam sie an dem sterbenden Ungarn vorbei, der Parterre wohnte und immer seine Tür um die dreißig Zentimeter geöffnet hatte. Wie immer rauchte er und sah schlecht aus. Sie sagte, dass er heute sicherlich noch viel Besuch bekäme, denn sie sah oft, dass jemand stehenblieb und mit ihm ein paar Worte wechselte. Er nickte und wies darauf hin, dass die Sonne schiene. Er war immer optimistisch. Er würde wohl rauchend zugrunde gehen. Vielleicht hätte sie ihn fragen sollen, ob sie ihm etwas beim Bäcker besorgen solle? Nächstes Mal. Sie war ja schon vorbei. Aber nächstes Mal stand schon jemand anderes in seiner Tür.

Sie dachte auch an Knut, dem sie damals zur Kontaktaufnahme mit seinem früheren Freund, der mit seiner Partnerin in Südfrankreich lebte, ermuntert hatte, denn sie waren einmal gute Freunde gewesen. Von sich aus hätte er den Kontakt nicht wieder belebt, aber jetzt fuhr er jedes Jahr hin.

Schade, dass sie so neidisch war, neidisch und eifersüchtig, die schlechtesten Qualitäten überhaupt.

Heute ging es ihr nicht gut. Lag es an dem Film „Huss", ein schwedischer Krimi. Lag es daran, dass es sie doch umtrieb, dass ihre Schwester auf lange Sicht keine Besserung und Heilung zu erwarten hatte? Sie schien für den Moment zu leben und war dankbar, wenn sie sich körperlich einigermaßen wohlauf fühlte. Aber sie schien wohl hauptsächlich zu liegen, wenn sie es richtig verstand. Ihre Schwester hatte ihr den blühenden Rhododendron aus ihrem Garten geschickt und freute sich schon auf die Blütezeit der Pfingstrosen, ihre Lieblingsblumen.

Obwohl es noch keine acht Uhr war, war es an der Elbe extrem betriebsam. Vielleicht spielte das gute Wetter eine Rolle. Gestern war sie auf ihre frühere Yoga Lehrerin getroffen, die ganz in schwarz daherkam und ihren Arm geschient hielt. Sie hatte etwas von einem Regal herunterholen wollen und sich dabei die Schulter ausgekugelt. Es schmerzte nach fünf Wochen immer noch, sie nahm deshalb täglich 2 Ibuprofen.

Heute hatte sie niemanden getroffen. Die Elbgemeinde war beisammen, aber nichts für sie. Sie hatte auch nicht das Bedürfnis, sich in die Runde zu setzen, in der auch der Mann neben N. Platz genommen hatte. Ka. hatte sich in den Sand gesetzt und schaute zu den übrigen auf, die alle auf Stühlen saßen.

Sie fühlte sich nicht gut, fuhr zur Binnenalster einkaufen und setzte sich dann mit ihrem Latte Macciato und dem Croissant auf die verschiebbaren Holzbänke. Die Anonymität hier beruhigte sie, der Tourist*innen Status. Sie hatte einen Schattenplatz gewählt.

Eine mail von Mow. erreichte sie, die ihr schrieb, dass sie sie aus ihrer E-Mailliste, die sie bei ihren Veröffentlichungen benutzte, herausnehmen möchte. Das war wirklich das Aus, sie interessierte sich nicht mehr für ihre „Kunst" wie ehemals. Vor 25 Jahren begann der Kontakt, da sie mit einer Freundin im Haus wohnte und sie ihr oft Mut zusprach, ihre Schulabschlüsse zu machen, auch zum Studium ermutigte sie sie und auch zu ihrem ersten Kind, sogar zu ihrer ersten Therapie. Jetzt hatte sie ausgedient. Mow stand auf eigenen Füßen.

Sie nahm es ihr nicht übel, vielleicht war das ein normaler Verlauf. Allerdings hatte sie gedacht, dass sie die künstlerische Produktion tatsächlich für immer verbinden würde. Irrtum.

Mow schrieb dann noch, „extra ignorieren", falls sie sich im Stadtteil begegnen sollten, halte sie für „unnötig". Wie gönnerhaft!

Gestern Abend fiel ihr dieselbe Krone heraus, die ihr schon vor zwei Monaten bei der Reinigung ihrer Zahnfleischtaschen herausfiel, also nicht aus eigenem Verschulden, aber bezahlen musste sie.
Vielleicht sollte sie tatsächlich zu der Frau des Mannes gehen, die Zahnärztin war?

Sie wünschte ihrer Schwester einen guten Tag und sie antwortete mit flehenden Händen, die sie ihr dann auch nochmal schickte. Man musste wohl um jeden Tag beten.

Sie steckte eine Beileidskarte ein, denn W. war gestorben, sie erinnerte sich in der Nacht daran, dass er immer um Gutes bemüht war und sie durch seine Bilderkäufe großzügig unterstützt hatte. Seine Frau hatte sie aber nicht von seinem Tod vor 2 Jahren unterrichtet, sie hatte es zufällig erfahren, weil sie anrief, denn die E-Mails kamen immer zurück.

Sie hob den Brief von Mow. doch nicht auf, sondern warf die vertrockneten Blumen, die sie ihr geschickt hatte, genau genommen zwei Stängel mit vertrockneten Köpfen, in den Müll. Sie hatte die Stängel auf einer Briefkarte mit einem Klebeband befestigt.

Sollte sie das Buch „Der Himmel über mir", das sie unter Pseudonym veröffentlicht hatte, kündigen, zurückziehen? Es war wichtig für sie gewesen, um in der Beziehung zu Nicholaj nicht unterzugehen, den Halt nicht zu verlieren. An und für sich verdankte sie es seinem hartnäckigen Schweigen, dass sie darüber hinwegkam, über die Ablehnung, wo sie doch meinte, alles gegeben zu haben. Aber dass sie nicht loslassen konnte, war selbstzerstörerisch, denn es kam ja nichts mehr von ihm, er hatte sie oft genug abgewiesen, und sie hatte ihre Hartnäckigkeit selbst nicht verstanden, sich geschämt. Auch wenn sie unter seinem beharrlichen Schweigen litt, so war es doch das einzig richtige für beide Seiten, denn es gab keine Perspektive für ihre Beziehung, weil er keine wollte.

Sie war dabei, ihre großen Bilder zu übermalen, kam das aufs Gleiche raus, wenn sie jetzt nach und nach ihre Bücher zurückzog, die sie geschrieben hatte? Es ging nicht um jedes Buch, aber wahrscheinlich um eins, um zwei oder gar drei.

Das Plätschern der Elbe war ihr heute wie ein Dröhnen vorgenommen, wie ein lautes Geräusch, das sie nicht aushielt. Im Park auf der Anhöhe fand sie Stille. Sie dachte an die Frau, die am Strand von Palavas wohnte und gesagt hatte, dass manche Mieter wieder auszögen, weil sie das laute Meer nicht aushielten. Jetzt konnte sie es nachvollziehen.

Nur Ka. von der Elbgemeinde saß vor dem Strandkiosk, denn der Kiosk hatte einen Stromausfall und war zu. Sie setzte sich zu ihr, aber da sagte sie, dass sie gehen wolle, denn es seien viele Kinder im Anmarsch, vielleicht ein Kindergarten oder eine Grundschulklasse. Sie blieb wider Erwarten einen

Meter vor ihr bei zwei Frauen stehen und plauderte mit ihnen bevor sie fortging
Nach einer Weile sah sie den Mann, sie wusste nicht, ob er Lust hätte, zu ihr zu kommen. Denn er war mit einer anderen Frau in Kommunikation. Aber dann kam er in ihre Richtung, und plötzlich hatte er sie gesehen. Dann kam auch die Frau, er sagte, das ist meine Frau. Sie war sehr erfreut und erhob sich. Sie kamen auf ihre Schmerzen zu sprechen, von denen er ihr offenbar schon erzählt hatte. Seine Frau meinte, dass sie ihr helfen könnte. Aber sie wollte erstmal noch den Ohrenarzt aufsuchen.
Sie war auch gestern bei ihrem Zahnarzt gewesen, denn es war nach zwei Monaten schon wieder eine Krone herausgefallen. Sie erzählte ihm von ihren Schmerzen, er sagte, dass auf der Panoramaaufnahme vom Januar keine Entzündung zu sehen wäre. Nur, dass auf der einen Seite Knochen auf Knochen läge und auf der anderen noch ein bisschen Zwischenraum sei. Er meinte, dass sie viele Zähne verloren hätte und schon ein gewisses Alter habe. Die Frau des Mannes meinte, das Alter sei kein Argument, sie sei 65. Woraufhin sie sagte, dass sie noch aussähe wie ein Teenager, in der Tat war sie wie ein junges Mädchen. Der Mann meinte, besser könne der Tag (nach diesem Kompliment) nicht anfangen. Sie freute sich, dass sie ein so ganz und gar nettes Paar waren und auch, dass er sie miteinander bekannt gemacht hatte.

Sie hatte an der Elbe wieder Müll aufgehoben, eine blaue große Plastiktüte, eine größeres Stück Styropor, zugeschnürte Babywindeln, ….

Als sie auf das Café zusteuerte, um dort auf Toilette zu gehen, sah sie den Mann, der ganz allein vor einer Tasse Café saß. Er lachte, freute sich, sie zu sehen. N. sei mit ihrer Auftragsarbeit beschäftigt, die sie mit ihrer Schwester zusammen erledigte und die für ein Restaurant auf einer Insel bestimmt war.

Sie kamen wieder auf Musik zu sprechen. Sie erzählte von P. Urban, den sie mal mit ihrem Sohn, der ihn damals bewunderte, aufgesucht hatte und auch von den Musik-Podcasts, die er zurzeit im NDR bestückte. Der Mann sagte, dass er mit ihm zusammengewohnt habe, und dass dieser ihm damals seinen Job verschafft habe.

Das Thema langjährige Beziehungen wurde gestreift, sie sagte, dass sie noch nie mit einem Mann zusammengelebt hätte und er meinte, dass sei gar nicht so schwer. Hier klingelte sein Telefon. Seine Frau rief ihn an, er sagte zu ihr, dass er jetzt losgehe. Er hatte kurz vorher schon gesagt, dass sie warte und dass er losmüsse. Sie fragte ihn, ob sie oft telefonieren würden, er meinte nein, einmal am Tag vielleicht, denn sie wüssten ja, was der andere mache.

Heute war wieder ein schwieriger Tag. Warum diese Schmerzen? Lag es auch an der Gymnastik, die sie gestern Abend 40 Minuten lang ausgeübt hatte? Am wenigsten schmerzte es, wenn sie im Ruhezustand blieb.

An der Elbe war sie nicht besonders fit, ging nur bis zum Schweden, dem großen Stein, wo sie trank und aß. Ein neuer Tag hatte begonnen. Während sie im

Schatten ihren Tee trank und ein Butterbrot aß, sah sie unten am Wasser den Ehemann der Frau mit der gelben Öljacke in rotem T-Shirt und Bauch den Hund ausführen, neben ihm lief der erwachsene Sohn. Sie dachte: Wer hat diese Nacht mit wem geschlafen? Warum dachte sie das? Vielleicht, weil sie dem Mann zutraute, fremd zu gehen oder weil allgemein ein Fremdgehen gang und gebe war? Dann spazierte das Pärchen vorbei, das auch etwas in die Jahre gekommen war und immer Hand in Hand ging, aber seit Tagen schon hingen ihre Arme an ihren Körpern herunter ohne sich zu berühren. Besonders die Frau schien bedrückt.

Danach ging sie schon wieder zurück. Sie steuerte den Strandkiosk an, um dort auf Toilette zu gehen. Sie sah die Elbgemeinde um N. herum, die, wie meistens, das Wort anführte. Sie sah den Mann von hinten, der seine Haare zusammengebunden hatte. Ka. und eine andere Frau saßen mit dem Rücken zur Wand, hörten N. schweigend zu. Als sie von der Toilette zurückkam, ging sie gleich hinunter zum Strand Richtung Bus.

Ihre Schwester schrieb, dass sie auf der Liege im Garten ein Buch lese, das „kat und easy" hieß, ein Roman von Susann Pasztor. Sie schrieb, dass es ihr gefalle. Sie selbst kannte es nicht.

Vor langer Zeit hatte sie den Organspendeausweis zugeschickt bekommen und in der Schublade liegen. Warum sie ihn gerade jetzt ausfüllte, konnte sie nicht mit Bestimmtheit sagen. Sie nahm an, es war ein TV

Film gewesen, sie glaubte, es war in der Serie „Dr. Ballouz", der sie dazu motiviert hatte. Sie konnte sich jedoch an den Film nur teilweise erinnern, an die Eltern, die empört reagierten, als die Ärzte das Ansinnen an sie herantrugen. Ihre Tochter, die, was sie gar nicht wussten, als Erzieherin in einer Kita gearbeitet hatte, weil sie wohl gestörten Kontakt mit ihr hatten, war verunglückt. Am Ende des Films entschlossen sie sich, der Organspende zuzustimmen und besuchten mit Interesse die Kita, in der ihre Tochter gearbeitet hatte, ein kleiner Junge sagte, dass das Lied, das sie eben alle gesungen hätten, von ihrer Tochter stamme, die es ihnen beigebracht hatte. In dem Lied ging es um Schenken, dass es glücklich macht, etwas weiterzugeben. indirekt also um das Thema Organspende, frau-man konnte daraus entnehmen, dass die Tochter selbst zu einer Organspende bereit gewesen wäre. Der Anfang des Films war noch nicht wieder präsent.

Sie legte den ausgefüllten Ausweis wieder in die Schublade oder sollte sie ihn ins Portemané stecken?

An der Elbe war es anstrengend. Weil bereits in der Früh bei diesem schönen Wetter immens viel los war. Sie ging am Wasser entlang, weil Ebbe war, musste dann aber auf dem Rückweg über das Ufer, den Abhang mit den großen Steinen, auf allen Vieren hochklettern, weil inzwischen Flut war, sie kam um nasse Füße dennoch nicht herum.

Das Kreuzfahrschiff Aida fuhr, sie wusste nicht wohin. Es war gut, dass sie in Venedig jetzt die Notbremse gezogen hatten und die riesigen

Kreuzfahrtschiffe nicht mehr hereinließen, aber das auch nur, weil Venedig sonst die Anerkennung als Weltkulturerbe verloren hätte.

Sie begegnete nur der 70 oder über 70- jährigen, die ein ärmelloses T-Shirt trug. Offenbar hatte sie kein Problem damit, ihre erschlafften Oberarmmuskeln zu zeigen. Jeden Morgen absolvierte sie ihr Programm, joggen bis Teufelsbrück, Gymnastik im Park, zurück im gemütlichen Laufschritt. Im Strandkiosk angekommen, hier strandeten ja alle, wenn sie nicht in die Strandperle nebenan gingen, trank sie ihren Latte Macciato, hin und wieder in Gesellschaft.

Leider war auch die Frau mit den beiden großen, unentwegt bellenden Hunden unterwegs. Das nahm einem den Genuss.

Von der Elbgemeinde sah sie nur Ka., die für ihren Kaffee in der Schlange anstand. Sie grüßte sie, als sie an ihr vorbeiging, um zu den Toiletten zu gelangen. Sie wusste nicht, ob sie auch gegrüßt hatte, sie hörte und sah es jedenfalls nicht. Als sie zurückkam, war sie im Gespräch mit einem Mann.

Die ältere Frau, auch um die 70 schätzungsweise, die jeden Tag zum Walken kam, fragte sie heute, wann sie nach Frankreich führe. „en septembre" rief sie ihr hinterher, denn sie hatte gefragt ohne stehen zu bleiben. Die Frau hatte ein Haus an der spanischen Grenze, und war erst vor kurzem zurückgekehrt. Das erfuhr sie, als sie zu ihr sagte, sie habe sie so lange nicht gesehen.

Sie war froh, dass sie den Mann nicht gesehen hatte, denn es bauten sich schnell Hoffnungen und Erwartungen auf, ob man wollte oder nicht.

Zurück im Stadtteil sah sie den Mann, der früher immer mit einem Porsche vorgefahren kam und sich den Damen zur Schau stellte. Jetzt ging er am Stock und war ein alter, tattriger Mann geworden.
Nichts war für immer verfügbar.

Sie begegnete im Stadtteil auch noch dem Kartografen der Ozeane, der eine Leidenschaft für das Zeichnen und Lesen hatte. Aber heute ging es ihm schlecht, eigentlich schon das ganze Jahr über fühlte er sich schwach und hatte Schweißausbrüche. Er sei Epileptiker und zuckerkrank und vielleicht medikamentös nicht richtig eingestellt. Er hatte heute eine fahle Gesichtsfarbe.

Heute dunkles, feuchtes Wetter. Trotzdem war sie an die Elbe gefahren, es tat ihr gut, die feuchte Luft. Sonst war nicht viel passiert. Eine Frau meinte, dass ihr Mantel eine schöne Farbe hätte. Ihre Begleiterin sagte, dass sie diese Farbe an ihrer Mutter liebe. Meinte sie damit, dass es eine Altfrauenfarbe sei? Es gab Menschen, die stichelten indirekt. Sie hatte den einst beigen Trenchcoat gefärbt, er hatte jetzt eine Farbe zwischen Himbeerrot und Magenta.

Gott sei Dank war die Impfung gestern am späten Nachmittag gut gelaufen. Das Zentrum war ziemlich leer. Sie kam sofort dran. Aber im Ruheraum und bei der Abmeldung war es dann unangenehm voll. Da das Zentrum in der Schanze lag, war sie durch den Sternschanzenpark gegangen, die große Wiese war komplett voll, aber so, dass die Grüppchen auf ihren

Decken saßen und alles sehr friedlich und stimmungsvoll. Auf dem Rückweg durch die Schanze waren die Restaurants bis auf den letzten Platz besetzt, aber ohne Stress wie ihr schien. Es war ruhig und lebendig. Ein paar Polizist*innen, aber ohne Provokation. Sie freute sich über die ruhige, schöne Stimmung, auch wenn sie selbst keine Lust hatte wie früher dabei zu sein. Sondern sie war froh, sich zu Hause hinlegen zu können….

Von tiefer Depression erfasst. Das Gefühl von Sinnlosigkeit ihrer selbst und ihres Lebens.
Ihre Schwester hatte geschrieben, dass es ihr gut ginge.
Gegen Abend rief sie M. an, eine uralte Freundin, die wegen ihrer Freundin nach Kiel gezogen war, als ihre Wohngemeinschaft in der Schlüterstraße nach Jahrzehnten rausmusste. Inzwischen war ihre Freundin gestorben, aber M. wollte nicht zurück nach HH. Sie habe dort alles, was sie brauche. Nur die Rente war wenig, sie hatte einen Kredit aufgenommen, denn die Zähne mussten gemacht werden, eine neue Brille brauchte sie. Trotzdem hatte sie sich ihre „Werkschau von 1976-2020" gekauft, die sie erstaunlich gut fand bis auf die bunten Bilder, nur eines von den bunten Bildern gefiel ihr, jenes, das auch auf dem Cover von „Antoine und seine Geschwister" war, das Buch, das sie ihr geschickt hatte. Sie hatte damals M. oft gezeichnet und radiert. Es waren u.a. ihre besten Bilder. M. hatte immer noch ihre Krimi-Leseleidenschaft, dorthin floss das Geld.

Heute Morgen war die Elbe in tiefem Nebel versunken. Als sie auf dem Rückweg in den Strandkiosk einkehrte, um auf Toilette zu gehen, stand der Mann draußen und sah, dass sie auf ihn zukam, er sah ihr entgegen, drehte ihr aber plötzlich den Rücken zu, kurz bevor sie bei ihm war. Er setzte sich in Bewegung Richtung N., die sich zu ihm drehte und aus großer Runde löste, um mit ihm nach drinnen zu gehen und Kaffee zu holen. Der Mann hatte eine schwarze Maske auf. Sie grüßte, ging dann die Treppen hoch zu den Toiletten. Als sie wieder runterkam, stand er noch auf den Kaffee wartend mit einer Frau im Gespräch am Tresen. Sie ging vorbei, hinaus und nach nebenan zur Strandperle, um von dort die Treppen hochzusteigen, denn sie wollte nicht von dem Mann gesehen werden, wenn sie am Strand Richtung Bus lief.

Sie wollte auch sowieso den Kontakt eindämmen, denn es schien ihr, als wenn sich in ihr eine Neuauflage von Nicholaj anbahnte. Es schienen schon wieder Übertragungen am Werke zu sein.

Deshalb legte sie auch fortan alle Arzttermine auf vormittags, um nicht automatisch an die Elbe zu fahren und auf ihn zu treffen.

Heute fuhr sie allerdings so früh an die Elbe, um ihm aus dem Weg zu gehen, dass sie sich unwohl fühlte, mehr als das, sie war aus ihrem Rhythmus hinausgeworfen und schwankte, war noch nicht bei sich. 6 und 7 Uhr waren eindeutig zu früh, denn sie hatte ja noch die Anfahrt mit zwei Bussen. Aber es war erleichternd, nicht auf ihn und die Elbgemeinde zu stoßen.

Sie würde sie jetzt so gut es ging, umgehen. Morgen wollte sie schon mal zum Orthopäden, denn die Schmerzen ließen nicht locker.

Sie fragte sich, ob sie immer noch Angst vor Nicholaj hatte. Wenn jemand mit ihr nicht zufrieden war, löste das offenbar Angst in ihr aus. Es erinnerte sie an die Situation im Elternhaus, sie war für die Eltern nicht richtig, nicht so, wie sie es sich wünschten. Überdies war sie ein Mädchen, wo sie doch einen Jungen als Nachfolger für den Hof brauchten. Allerdings war das nicht mehr von Nöten, da sie flüchteten und Haus und Hof zurückließen.

Der Straßenverkehr machte ihr zu schaffen. So viele Situationen, in denen die rüpelhafte Fahrweise der Autos sie zu Tode erschreckte, sogar wurde sie beim Gang über den Zebrastreifen fast erfasst, und eine Fahrradfahrerin sagte: Das war aber knapp. Dass sie sich nicht mehr darauf verlassen konnte, dass alle rücksichtsvoll handelten, das war bedrohlich. Entsprach ja auch dem, was im Internet los war, die entsetzlichen Beleidigungen und Beschimpfungen, Diskriminierungen, antisemitischen Äußerungen, Hass. Wie Sarah Wagenknecht, so hörte sie im Radio, bei Anne Will sagte, es sei widerlich, ekelhaft, dass sich die AFDler in einer Facebookgruppe getummelt hatten, in der jemand auf eine Pizzaschachtel das Bild von Anne Frank montiert hatte mit der Aufschrift: Ofenfrisch…

Sie war auf keiner dieser Plattformen, bekam es nur in den Radionachrichten mit, und das reichte ihr schon. Es war nicht auszuhalten.

Sie machte ihren Entschluss wahr und fuhr nicht an die Elbe. Stattdessen zog sie ihren Besuch beim Orthopäden vor, den sie erst später wahrnehmen wollte. Es war also Arthrose. Er empfahl morgens und abends eine Ibuprofen 800. Wärme, Krankengymnastik und Aconit, ein pflanzliches Öl mit Eisenhut (giftig), Lavendel und Kampfer.

Danach fuhr sie zum Jungfernstieg, wo derzeit das Angebot mit dem Latte Macciato für 2€ lief. Damit setzte sie sich gerne an die Binnenalster. Zuvor hatte sie mit A. aus Tunesien Französisch geplaudert, der zurzeit im Bioladen arbeitete.

Anschließend fuhr sie nach Ottensen, wo sie noch einen Decaf Espresso nachschob mit heißem Wasser. Am Nebentisch saß eine junge Frau vor ihrem Laptop, mit der sie ins Gespräch kam. Sogleich hörte sie ihren französisch klingenden Akzent, sie stammte aus Marokko. Es wurde ein sehr langes Gespräch über ihre Konflikte mit ihren Eltern, die sich besorgten, dass sie ihrer Religion nicht gemäß lebte, und sich von ihr trennen würden, wenn sie sich nicht an die Regeln hielte, das hatte ihre Mutter ihr so gesagt. Sie wollte aber natürlich ein eigenes, selbst bestimmtes Leben führen, hatte jemanden auf einem Dating Portal kennengelernt und machte mit dieser Person erste Schritte der Annäherung. Es war schwierig für sie. Sie hatte schon daran gedacht, ein Buch über ihre Probleme zu schreiben, aber sie hatte Angst vor der

Reaktion der Familie, sollten sie davon Wind bekommen.

Sie selbst hatte gestern Abend darüber nachgedacht, warum sie dauernd etwas essen musste und kam zu dem Schluss, dass es eine Art Kontaktersatz sein könnte, es war ein inwendiger Körperkontakt, also vielleicht sogar ein Ersatz für Sexualverkehr. Sie wusste es natürlich nicht, aber sie fand, dass sie, wie wohl alle Menschen, Bestätigung brauchte, Aufmerksamkeit, vieles drehte sich darum, um Aufmerksamkeit, um Bestätigung, um gesehen und gehört werden, dass jemand antwortete, das man Zuwendung bekam, sogar Streicheleinheiten, in den Arm genommen werden, die Hände geben, den Arm um die Schulter legen, so viele Gesten, die ein beieinander ausdrückten, Aufmerksamkeit, Bestätigung.

Sie dachte an ihren Sohn, der seine Großeltern heiß und innig geliebt hatte, sie kuschelten zusammen, sie spielten zusammen, sie aßen zusammen... , wenn er dann wieder aus den Ferien zurückkam, sprach er mit ihr tagelang kein Wort, so traurig war er, dass er wieder bei ihr war, wo kein Familienleben stattfand, sondern Einsamkeit herrschte. In der Tat war sie nicht fähig, ihm das zu geben, wozu ihre Eltern in der Lage waren. Sie suchte als missbrauchte Frau ja selbst noch Unterstützung und Zuwendung. Das war das Problem. Ihre Partnerschaften waren destabilisierend, denn es fehlte die Mitverantwortung. Doch setzte sie sich hundert Prozent für die Entwicklung ihres

Sohnes ein. Auf der emotionalen Ebene hatte sie Sorge, ihm zu nahe zu treten und auch, ihn an sich ganz nah ran zu lassen.

Trotz alledem honorierte ihr Sohn ihren bedingungslosen Einsatz für ihn und machte ihr nie Vorwürfe. Sie gingen beide sehr vorsichtig miteinander um, und sie war froh, dass er da war, nicht immer konkret, aber im Geiste und ihrem Herzen. Vielleicht wäre sie ohne ihn untergegangen, hätte sich schon umgebracht, denn sie führte ein freudloses Dasein, irgendwie unbeteiligt an allem, es war ein Versuch zu überleben. Das Schreiben und Malen waren ihre Bezugspersonen. Die schwiegen, aber doch auch in den Ergebnissen Präsenz zeigten. Aber was war jetzt los, da sie begonnen hatte, große Bilder zu malen nur mit einer einzigen Farbe? Als würde sie ein Tuch drüber decken. War das gut oder schlecht? Sie wusste es nicht. Es war wohl ein Bedürfnis nach Ruhe. Nach Schweigen? Das große Nichts breitete sich aus, auch wenn es eine Farbe hatte.

Jetzt, da sie nicht mehr an die Elbe fuhr, könnte sie das Fotobuch „die Elbe bei Övelgönne" fertigstellen, denn es würden keine Fotos mehr hinzukommen.

Ma. hatte erneut einen Termin vorgeschlagen. Seit Monaten (wenn darüber nicht sogar schon ein Jahr vergangen war) hatte sie verschoben, und sie hatte gezögert, darauf einzugehen, aus Sorge, dass sie das x-te Mal absagen würde. Doch sie sagte zu. Einen Tag vorher, also heute, sagte Ma. dann erneut ab. Es stieß ihr bitter auf. Immer diese Berg-und Talfahrten. Sie freute sich jedes Mal, und dann kam die Enttäuschung kurz vor dem Treffen. Sie merkte, dass das Maß voll war, dass in ihr Freude geweckt wurde, um diese dann zu ersticken. Es war zu oft passiert und über das häufige Verschieben war fast ein Jahr vergangen. Sie schrieb, sie möchte vertrauen können und nicht ständig verschoben werden. Gewiss, sie hatte immer Gründe, Sie selbst verschob Termine, sogar Arzt Termine, um die von Ma. vorgeschlagenen Treffen wahrnehmen zu können, die dann platzten. Sie hatte gegenüber Ma. jahrelang Rücksicht genommen und nun konnte sie nicht mehr.

Am Jungfernstieg fragte sie eine junge Frau, wie sie zur S-Bahn käme. Die wollte sie selbst auch nehmen, und so fuhren sie gemeinsam Richtung Altona. Sie war extra aus Osnabrück angereist, um sich ein Tattoo stechen zu lassen, bei jemandem, der in der Hospitalstraße seinen Laden hatte. Sie kannte die Straße, war oft an dem Tatoo Laden vorbeigegangen, wenn sie zu Sport Spaß ging oder von dort kam, aber seit langem war ja alles stillgelegt, obgleich es gerade draußen wieder anfing. Sie wollte sich einen Tiger auf den Unterarm stechen lassen, der statt Streifen, Blätter haben sollte. Sie hatte gute Erfahrung mit dem Tätowierer gemacht, deshalb nahm sie die weite Anreise auf sich. Allein die Fahrkosten beliefen sich auf 45€, jedoch wenn die Flexibusse fuhren, dann bezahle sie nur 6€, das war weniger, als eine Hamburger Tageskarte kostete.

Am Altonaer Bahnhof traf sie C., die ihren Vornamen rief. Sie hatte inzwischen einen Mitbewohner für ihre Wohnung gefunden. Sie meint, es passt. Das Wohnprojekt laufe weiter, auf dem Holsten Areal, aber da müsse erstmal abgerissen werden. Mit ihrem verheirateten Freund laufe es gut. C. hatte zugenommen. Sie wusste nicht, ob das normal war oder ob es von Beruhigungsmitteln kam. Ihr Zusammentreffen geschah zwischen Tür und Angel, C. war dem Sprung zu einer Klientin, deshalb fragte sie nicht nach. Sie hoffte, dass es normal war.

An die Elbe war sie extra nicht gefahren, und es bekam ihr gut.

Gestern seit langer Zeit mal wieder einen Film gesehen. Der Kommissar mit Erik Ode. Ein schwarz-weiß Film von 1969. Es war schon mehr ein Spielfilm, denn ein Krimi, weil er besonders durch die verhaltene Ausführung der Rolle der Hauptdarstellerin Christiane Krüger in den filmischen Bann zog. Die Sparsamkeit wirkte. Er hieß „Der Liebespaar Mörder". Am Ende war es die betrogene Ehefrau.
Es war interessant, dass damals in Szene gesetzte, unterwürfige Frauenbild zu beobachten. Da sagt der Kommissar etwa zu seiner Ehefrau: Du bist dumm, aber kannst gut Café kochen. Oder, was in dem zweiten Krimi vorkam, den sie schon nicht mehr so gut fand, dass es selbstverständlich war, dass dem Kommissar von einer Frau die Schuhe ausgezogen wurden. Sie selbst erinnerte das auch noch aus der

Familie, ihre Mutter machte das auch manchmal, und sie selbst musste immer die Hausschuhe für ihren Vater holen, die Kartoffeln auffüllen, etc. das ging ihr gewaltig gegen den Strich, und sie diskutierte das mit ihrer Mutter, die meinte, du kannst es ja später anderes machen. Natürlich hatte ihr Vater wenig Zeit, der in Schichtarbeit in der Fabrik machte und auch später noch, als er in einer Firma die Heizkessel überwachen musste. Wenn die Berufsarbeit getan war, kam das Essen und dann sofort die Arbeit an Haus, Garten und Grundstück. Es war ein fortlaufendes Arbeiten ohne jemals in Urlaub zu fahren oder sonstigen Vergnügungen nachzugehen wie etwa ein Kinobesuch. Gewiss, es musste ob des Zeitmangels in seinem Leben alles laufen wie am Schnürchen, getimt sein, auch sie musste funktionieren wie am Schnürchen, jedoch im Gegensatz zu ihrer Schwester hakte es bei ihr, die Vorwürfe pflanzten ein bleibendes Schuldgefühl ein.

Heute fuhr sie in den Stadtpark und vermisste die Elbe nicht. Sie war Borgweg ausgestiegen, ging durch den Wald und dann über die riesige Wiese zur Liebesinsel, wo sie ein schattiges Plätzchen fand. Eine junge Frau vom Kiosk harkte den Gänsekot zusammen, es war wirklich viel. Sie sagte, es sei jeden Morgen dasselbe. Am Tag, vor den Leuten, halten sich die Gänse zurück, aber in der Nacht legten sie richtig los, und der ganze Rasen sei bedeckt. Jedoch kümmere sie sich nur um den Weg. Was soll's, meinte sie, es gehört eben auch dazu.

Als sie da so auf der Bank saß, dachte sie an die braunen, erloschenen Augen von C., die sie gestern am Bahnhof getroffen hatte. Es fehlte das Leuchten. Oder war es immer so gewesen und nur die Corona Maske, die das Gesicht bedeckte, nur die Augen freiließ, war schuld an diesem Eindruck, dass ihre Augen wie tot waren?

Sie dachte auch an ihre mail, die sie heute an Nicholaj geschrieben hatte, nämlich dass sie die Sandalen tragen würde, die sie damals anhatte, als sie mit ihm auf dem Mont Boron wanderte, und sie sich verirrt hatten, dass sie gelesen hätte, dass eine Baumplastik des Bildhauers Laurent Bosio, der in Nizza lebte, auf dem Platz des Justiz Palastes eingeweiht worden war. Vorher stand dort eine Fontäne, ein Brunnen, der aber oft als Pissoir benutzt wurde.

Das erinnerte sie daran, dass sie doch tatsächlich heute in der Früh, als noch kaum ein Mensch im Stadtpark unterwegs war, in den Büschen sich erleichtert hatte, denn es war fürchterlich, wenn es auf der Blase drückte, und das Café Schmidtchen hatte noch nicht geöffnet.

Wenn sie ihm schrieb, dann zumeist völlig neutral, nur heute war es passiert, dass sie von ihren Sandalen geschrieben hatte.

Es war wirklich ein Dilemma. Sie wusste immer noch nicht, wie sie das Problem in den Griff kriegen könnte.

Nun hatte sie das Buch „Der Himmel über mir", das sie unter Pseudonym veröffentlicht hatte, zurückgezogen. Wann die Kündigung wirksam würde, würden sie ihr noch mitteilen. Nein, sie empfand es nicht als Versagen. Gewiss, sie hatte viel Arbeit drinstecken, hatte nach viel Zweifeln und Zögern den Schritt zur Veröffentlichung gewagt. Es war wichtig und nötig gewesen, dass sie dem Druck, es zu externalisieren nachgegeben hatte. Mit dem Schritt hatte sie sich für einmal komplett von der absurden und schönen und schamhaften Geschichte losgesagt, sie nach außen befördert, sich davon „befreit", aber jetzt schien es ihr so, dass diese Dokumentation der Beziehung nicht mehr notwendig draußen herumgeistern musste. Sie konnte sie wieder zurückholen, ein Zeichen, so kam es ihr vor, dass sie diese hautnahe, enge Geschichte doch „verarbeitet" hatte, an der sie fast zugrunde gegangen wäre, hätte sie nicht pausenlos geschrieben und sie externalisiert. Nur für die Schublade reichte nicht, es musste ganz draußen sein. Und jetzt konnte sie loslassen und das Buch kündigen.

Vielleicht war ihr nicht umsonst die Geburt ihres Sohnes eingefallen, den man ihr nicht an die Brust gelegt hatte oder überhaupt gezeigt hätte, nachdem er geboren war, sondern sie fassten ihn an seinen Fußgelenken und ließen ihn über dem Waschbecken baumeln, um ihn zu duschen, das sah sie, als sie den Kopf zur Seite wendete, dann war er fort. Wie grausam sie damals waren, nur weil sie ein uneheliches Kind gebar. Vielleicht hatten sie sogar absichtlich den Mutterkuchen vergessen, weshalb sie, weil die Blutungen nicht aufhörten, zur Ausschabung nochmal ins Krankenhaus musste und vierzehn Tage bleiben. Sie wurde auch von der Hebamme weder vorher noch nachher besucht. Vielleicht war es damals nicht üblich, das wusste sie nicht, aber die Hebamme im Haus besuchte ihre Neugeborenen täglich, jüngst traf sie sie ganz besorgt, denn das Baby, das sie gerade besuchen wollte, nahm nicht zu, es müsste, wenn das so bliebe, wieder ins Krankenhaus. Gott sei Dank, hatte es 100gr zugenommen und sie war seeeehr erleichtert, wie sie ihr auf WhatsApp schrieb.

Sie überlegte, ob sie auch das vorangegangene Buch „Antoine und seine Geschwister" „auslöschen" sollte, die schamhaften Passagen. Es war das Vorläuferbuch von „Der Himmel über mir", aber in Erzählform, also stark verfremdet. Sie nahm es sich zur Hand und las die entsprechenden Stellen, fand, dass sie wirklich sehr weit gegangen war. Zu weit? Andererseits hatte sie es gut in einen Kontext eingebettet, es hatte seinen Sinn. Ihr fiel ein Mann ein, der ihr mal erzählte, dass seine Frau 17 Selbstmordversuche unternommen hatte und dass er fände, ihre beiden Bücher von 1980 erinnerten ihn an eine Peepshow. Diese beiden Bücher waren noch in der Staatsbibliothek verfügbar. Dass sie so viel Schamgefühl hatte, Ekel und Widerlichkeit empfand, hing sicherlich auch mit ihrem ungeklärten Verhältnis zur Sexualität zusammen. Sie wollte sie gerne genießen, jedoch in einem geschützten Rahmen, eingebettet in eine emotionale Beziehung.

Sie hatte den dritten Film, schwarz-weiß, gesehen, ein Krimi, ein Schauspiel, in dem die Hauptdarstellerin ihre Rolle wirklich bemerkenswert eindringlich spielte, eine Charakterdarstellung und Konzentration auf die power von Figuren.

In der Nacht war es wohl, als ihr die orangefarbenen, herzförmigen Muster, die sie häkelte, bis es eine Decke ergab, einfiel, die dem Vater ihres Kindes aber gar nicht gefiel, und er sie irgendwohin entsorgte. Es war ein orangefarbener Ton, warm. Ähnlich ihrem Ölbild, das darauf wartete, übermalt zu werden und zwar mit Rosa. Es lichtete sich alles.

In Ottensen lief die Kommissarin Bella Block fast auf sie zu. Es gab keine neuen Folgen mehr. Vielleicht war sie zu alt? Sie sah auch ohne Schminke und jetzt mit langem, grauen Haar attraktiv aus. Ihr kam der Name nicht über die Lippen, vielleicht hätte sie sie sonst angesprochen, aber doch eher nicht, sie glaubte, dass solche Leute auch unbehelligt sein möchten. Hin und wieder begegnete sie ihr. Diesmal zählte sie Geld, als sie auf sie zukam, letztes Mal las sie im Gehen die Zeitung, eben auch, wahrscheinlich um ungestört durch die Menge in Ottensen gehen zu können.

Abends hörte sie zufällig im Deutschlandfunk die norwegische Musikgruppe „Maldito", die ihr sehr gut gefiel, sie hatte nur noch das vorletzte Lied gehört.

Wieder einen schwarz-weiß Krimi von „Der Kommissar" gesehen. Dieses Mal war es der beste Freund. Aber auch in diesem Film ging es darum, die

Hauptfigur durch eine Charakterdarstellung zu begreifen und ihr Raum zu geben. Sie konnte sich nicht erinnern, dass es in den heutigen Krimis darum ging. Eher um gesellschaftspolitische, sprich soziale Probleme, dem Gefangensein im System.

Tatsächlich hatte sie es gestern geschafft, das hellgrüne, lindgrüne, große Bild zu malen, das darunterliegende, das sie immer Verbindungsbild genannt hatte, weil es der Versuch war, die herumfliegenden Trümmer zu verbinden. Darunter lag auch schon ein anderes Bild, aber sie wusste wahrhaftig nicht mehr welches. Allmählich kamen ihr die einfarbigen Bilder bedrohlich vor. Es war so ungewöhnlich, so große einfarbige Flächen. Ein Nichts, das seine Farbe änderte. Als nächstes käme ein intensives Orange, das sie rosa übermalen wollte und ein Grün-rosa, das sie lila oder fliederfarben übermalen würde und schließlich ein kleines, das weiß würde. Sie musste offenbar mal wieder dadurch. Sie konnte nicht sagen zu diesem Zeitpunkt, ob es die Grundlage für eine neue Malerei war, die darauf entstehen sollte. Sie glaubte eher nicht. Aber man konnte es bei ihr wirklich nicht wissen.

Sie war nicht an die Elbe gefahren, stattdessen wieder in den Stadtpark, dort war die große Wiese bedeckt mit Müll. Offenbar wurde am Samstagabend hier kräftig gefeiert. Der Räumungsdienst war schon bei der Arbeit. Schlimm waren die Glasscherben der zerdepperten Flaschen. Vielleicht waren die Leute so besoffen, dass sie ihren Müll nicht mehr zu den Mülleimern bringen konnten?

In der Bahn hatte sie die Bekannte getroffen, die ein Haus in Frankreich hatte und zwei Monate dort gewesen war mit ihrem Partner. Im Juli ging es für die beiden wieder los, sie würden wieder zwei Monate bleiben.

Sie hatte den ersten Teil von „Der Himmel über mir" hier in das Buch „Lichtung" eingefügt, sie würde die peinlichsten und schamvollen Szenen entfernen.

Sie machte eine Arbeitspause und lief um den Block, setzte sich auf eine sonnige Bank, die Nebenbank war von drei jungen Personen, die Englisch sprachen, besetzt. Schließlich stopfte sie sich Ohropax ein, aber die Stimmen drangen durch, sie waren so penetrant, so ohne Unterbrechung, hauptsächlich redete die Frau in der Mitte, manchmal sagte der Mann etwas, die Frau an der Seite sagte kaum etwas. Endlich stand sie auf und setzte sich dreißig Meter weiter auf eine schattige Bank, aber die Stimmen drangen bis zu ihr vor trotz Ohropax, dabei konnte sie nicht einmal sagen, dass sie extrem laut sprachen. Sie erinnerte sich an heute Vormittag im Stadtpark, auch da wurde sie von Stimmen, es waren zwei spazierengehende Frauen, die sich unterhielten, behelligt, obwohl sie wirklich noch weit hinter ihr waren. Sie konnte es nicht fassen, aber sie drangen in sie, obwohl sie ausreichend Abstand hatte, sie ging in der Mitte der großen Wiese, während die Frauen außen auf dem Weg gingen. Es war nicht umsonst, dass sie sogar zu

Hause mit Ohropax herumlief, alle Geräusche aus den umliegenden Wohnungen oder von der Straße drangen in sie ein, nicht nur das, sondern auch die Geräusche, die sie selber machte, wie etwa, wenn sie duschte oder staubsaugte, erschreckten sie.

Von ihrem kleinen Rundgang zurückgekehrt, machte sie sich daran, Rosa auf das kräftige Orange aufzutragen. Es war eine Erleichterung. Wie lange schleppte man doch Schweres, in diesem Fall schwere Farben, mit sich herum.

Die Zimmerwand war nun vollkommen in der Breite bedeckt. Links das Hellblau, daneben kam das Gelb, dann das Rosa und zuletzt das Hellgrün. Die Ölbilder lehnten wie große Tafeln an der Wand. Interessant und befriedigend. Kein „Quatsch" mehr. Gequatsche. Es herrschte Ruhe. Schweigen. Stille.

Bei genauem Hinsehen war aber festzustellen, dass sie zwar einfarbig waren, jedoch hatte jedes Bild seine eigene Oberflächenstruktur, das rosa Bild etwa war übersät mit kleinen Ölperlen von dem darunter liegenden Auftrag. In das Grün hatte sie absichtlich Schrift ähnliche Linien mit dem Pinsel vollführt, das gelbe Bild schimmerte in vielfarbigen Gelbtönen, das Hellblau wies ebenfalls, wenn auch unauffälliger, noch hellere Passagen als Hellblau auf, sie gingen schon ins Weiße. Das fliederfarbene Bild zeigte durch die Spachtelführung eindeutige Strukturen und in die mandarinfarbene Oberfläche hatte sie bewusst reliefartig Wellen eingearbeitet.

Ihr Sohn schickte ihr eine Sprachnachricht, er hätte jetzt das Stricken gelernt, weil sie ein Seminar anbieten wollen für Blinde und Sehbehinderte, die sich für das Erlernen des Strickens interessieren. Er wollte selber erfahren, welche Hürden auf ihn und andere Blinde zukämen.

Der Besuch beim HNO Arzt hatte ergeben, dass ihr Ohr in Ordnung war. Der Orthopäde hingegen hatte in den Facettengelenken ihrer Halswirbelsäule Arthrose festgestellt.

Heute war sie zur Blutabnahme. Für das EKG sollte sie sich nackt ausziehen, damit gleich im Anschluss die Ärztin sie auf Hautkrebs untersuchen könnte. Das machte sie nicht. Sie sagte, bisher haben die Ärzte sich für das EKG damit begnügt, dass sie sich oben frei machte. Es wurde sowieso alles von der Sprechstundenhilfe erledigt. Noch nicht einmal gemessen und gewogen haben sie, sondern nur gefragt, wie groß sie sei und wieviel sie wiege. Jedenfalls zog sie sich wieder an und wartete eine Viertelstunde. Das heißt, sie hätte eine Viertelstunde nackt auf der Liege gelegen, wenn sie der Aufforderung der Sprechstundenhilfe Folge geleistet hätte. Das war wirklich der Gipfel. Sie sagte zu der Ärztin, dass sie sich bereits bei ihrer Hautärztin angemeldet hätte. Das sei okay, meinte sie. Die Daten vom Impfzentrum, die auf einem alten Impfpass von 1969 waren, also von vor einem halben Jahrhundert, in den gelben Impfpass übertragen, wollte sie nicht. Es war ja auch ihre Schuld, dass sie, als sie zum Impfen ging, nicht an den gelben Pass dachte, denn es war ihr gar nicht bewusst, dass sie einen hatte, weil sie ihn Jahrzehnte nicht brauchte. Zufällig fand sie ihn. Das Impfzentrum, als sie wegen der 2. Impfung vor Ort war, wollte oder durfte die Übertragung vom alten Lappen in den gelben Impfpass auch nicht vornehmen.

An Nicholaj schickte sie eine Mail, in der sie sagte, dass sie keine Energie mehr hätte, um ihm ab und an aufmunternde Mails mit schönen Blumenfotos zu schicken. Aber sie würde, falls sie im September in

Nizza sei, für beide Versionen offen sein: sich wieder zu sehen oder sich nicht wieder zu sehen.

Sie übermalte gestern Abend ein Bild mit einem schwachen Lila bzw. Flieder, aber es gefiel ihr heute Morgen nicht, es war wirklich zu blass. Als sie die gesamte Farbe wieder herunterholte, fand sie jedoch die Struktur, die durch das Ziehen mit dem Spachtel entstand, recht ansprechend. Sie hörte dann im unteren Drittel auf und zog von unten nach oben. Die Bahnen von oben nach unten waren ungleich länger. Am Ende der oberen Bahnen hing die ganze Ölfarbe, die sie runtergezogen hatte. Es war nicht uninteressant. Sie ließ es dabei bewenden und legte das Bild zum Trocknen auf den Fußboden, damit die Ölfarbe nicht hinunterlief und auf den Boden tropfte. Nun würde es zum Trocknen wohl mindestens ein halbes Jahr brauchen.

Sie hatte gestern auch noch die braune Papierrolle mit dem ehemals ganz schwarzen Bild, auf dem sie mit Acryl verschiedene Farben aufgetragen hatte und das sie dem Mann von der Elbe gewidmet hatte, zerrissen. Es war ihr zu bunt und zu schwarz gleichermaßen. Sie war froh, dass es weg war.

Es stand nun ein Bild an, dass sie mit Weiß übermalen wollte, aber sie wartete, denn vielleicht sollte es auch ein helles, transparentes Rot werden. Und das mit der Struktur beschäftigte sie jetzt auch. Ob sie das nicht ausbauen wollte.

Als sie sich nach dem Arztbesuch das Frühstücksangebot, einen Latte Macciato mit Hafermilch und Dinkelcroissant, abholte, erzählte die Bäckerin, eine Tunesierin, dass ihr Sohn, der hier auch arbeitete, ihr Stiefsohn sei, es sei der Sohn der deutschen Exfrau von ihrem Mann, von dem sie inzwischen auch geschieden war, denn er war sehr gewalttätig, schlug sie, auch ihren Bauch, obwohl sie schwanger war, ihr Kind wurde daher krank geboren. Sie hatte in Tunesien geheiratet, dann habe sie Deutschkurse besucht und sei ihrem Mann nach Deutschland gefolgt, womit das Desaster begann. Ihr Stiefsohn wollte nicht bei seinem Vater wohnen, den er das Monster nennt. Seit einigen Jahren ist sie geschieden, leidet unter Asthma und anderen Krankheiten. Nichtsdestotrotz war sie mit ihren leiblichen Kindern und Stiefsohn kürzlich in Tunesien, um die Familie zu besuchen. Trotz Ausgangssperre verließ der Sohn nachts das Haus und wurde jedes Mal erwischt, sein Opa bezahlte die Strafe, beim vierten Mal hätte er ins Gefängnis gemusst, aber dazu sei es nicht gekommen. Sie findet die politischen Verhältnisse jetzt besser, ist froh, dass die islamisch-konservative Ennahda-Partei nicht mehr in der Regierung ist.

Das erste Mal, dass sie wieder draußen arbeitete mit ihrem Laptop. Auf einer Parkbank. Es war 30 Grad. Sie saß im Schatten. Die Blutuntersuchung hatte ergeben, dass ihr Cholesterinwert leicht erhöht war, trotzdem kaufte sie sich am Nachmittag die

Kakaostange, die sie so sehr mochte und setzte sich damit auf die Bank, um zu schreiben.

Bei ihrer Schwester gab es Blaubeeren mit Pfannkuchen.

Sie hatte gestern zunächst beschlossen, dass erste Drittel von „Der Himmel über mir", das sie in diesen Text eingefügt hatte, wieder herauszunehmen und sich mit ihrer Entscheidung, die beiden Bücher also „Der Himmel über mir" und das nachfolgende Buch „sanftes Kratzen" zu kündigen, abzufinden. Doch hatte sie neu nachgedacht und war zu dem Schluss gekommen, den Text, der ihr immerhin das Leben gerettet hatte, nicht einfach verschwinden zu lassen, nur weil die sexuelle Ebene ihr peinlich war, obwohl es doch menschlich war und dazu gehörte zum Menschen, und alle sich damit mehr oder weniger herumplagten, sich danach sehnten.

Sie hatte die beiden zusammenhängenden Bücher ja auch geschrieben, um sich selbst auf die Schliche zu kommen, wer war sie, wie handelte sie in einer Beziehung, was erwartete sie dort, wie reagierte sie auf den anderen. Es war zuweilen ein Machtkampf, ein Tauziehen, aber vor allem wollte sie wissen, was los war mit ihr, mit ihm, und dass sie das alles minutiös aufgeschrieben hatte, hatte ihr doch schließlich geholfen, nicht in der Depression zu verenden. Der allererste Schritt, sich zu retten, war doch, dass sie sich dazu durchgerungen hatte, in das unbekannte Nizza zu reisen. Das war das Allerwichtigste gewesen, und deshalb war es gut, wenn sie wieder hinführe, wenn sie sich dazu durchringen könnte. Die Daten standen fest und alles war bezahlt. Sie musste jetzt nur noch wollen und wagen. Natürlich war es auch gut, dass sie die Beziehung eingegangen war zu Nicholaj, und dass er ebenfalls dazu bereit gewesen war, auch das Erlebnis der Beziehung und die Auseinandersetzung damit war lebensrettend, auch wenn sie dramatische Tiefpunkte, gefährliche, zu bewältigen hatte. Sie war eine andere geworden. Das sah sie auch an ihren Texten, in denen sie sich selbstbewusst äußerte. Oder bildete sie sich das ein?

In dem Buch davor „Zerbrochen – innerhalb und außerhalb des Tunnels", war es ja genau darum gegangen, dass es in ihr ausweglos aussah und sie den Druck spürte, den Tunnel zu verlassen, was hieß, ihre Pläne wahrzumachen und das Reisen ins unbekannte Nizza zu verwirklichen. Es stand quasi Selbstmord gegen Nizza. Gott sei Dank hatte Nizza gewonnen, das Licht. Deshalb durfte sie jetzt nicht den Kopf in den Sand stecken, nur weil es schief gegangen war zwischen ihr und ihm in Nizza, der Stadt am blauen Meer, weil ihre gegensätzlichen Erwartungen aufeinanderprallten, ihre Beziehung zerstörten, das Vertrauen. Sie kämpfte um Liebe, er um Sex, sie um beides, er für seine alte Beziehung, in der sie keinen Platz hatte, weshalb er sie letzten Endes wegstieß, da sie nicht aufgeben wollte. Nun war nichts mehr übrig, nicht einmal Trümmer, denn er war verschwunden, wie vom Erdboden verschluckt, schon seit langem. Das durfte sie jedoch nicht hindern, das Licht aufzugeben, die Stadt am Meer, nein, sie musste darin leben, und war es auch nur für eine Woche.

A.S. ist mit 61 Jahren an Eierstockkrebs gestorben. Sie hatte ihren Mann getroffen und sagte zu ihm, dass sie sie so lange nicht gesehen hätte und deswegen an ihrer Haustür nachgeschaut hätte, ob sie vielleicht weggezogen wären. Nein, sagte er, A. ist tot. Seit zwei Jahren schon kämpfte sie mit diesem Krebs. Sie hatte immer viel meditiert und einen positiven Glauben an das Universum, sie verkehrte in esoterischen Kreisen, aber nicht übermäßig oder gar fanatisch. Sie trafen sich sehr selten, als sie das letzte Mal in dem von ihr bevorzugten Eiscafé waren, wunderte sie sich, dass sie nicht bereit gewesen war sich umzusetzen, denn A. hatte sich einen Platz ausgesucht, der ihr nur die Möglichkeit ließ, in eine Ecke zu gucken, in die, in der A. Platz genommen hatte, die von dort das ganze Café überblickte. Aber A. meinte zu ihrem Wunsch sich umzusetzen, damit auch sie einen offenen Blick hätte, sie könne sich so setzen, wie sie wolle. Sie beließ es dabei, auch wenn sie es nicht verstand, ihr Gespräch verlief nicht ohne Spannung, danach hatte sie nicht mehr das Bedürfnis, sich nochmal mit ihr im Café zu treffen. Sie begegneten sich grüßend auf der Straße und das auch nur selten. Sie drückte dem Mann ihr Beileid aus. Er sagte, dass A. seine zweite Frau gewesen sei, er hätte auch noch zwei Kinder aus erster Ehe und sei gerade Großvater einer Tochter geworden. So ging es im Leben zu. Es wurde geboren, und es wurde gestorben.

Das erste Drittel des Buches „Der Himmel über mir" hatte sie gelesen und war wirklich zwischen Ekel, Angewidertsein und Verständnis für das Bedürfnis nach Liebe und Begehren in seiner intensivsten Form hin- und hergerissen. Immer wieder dachte sie, nein, das geht nicht, das müsse gelöscht werden. Es war unfassbar, wie sie sich in dem Buch „ausgezogen" hatte, ihre intimsten Wünsche ausgelebt und vorgezeigt hatte.

Am Ende hatte sie komischerweise das Gefühl, unter anderem, dass er ein schwacher Mensch und Mann gewesen sei, der zwar die „Stärke" besessen hatte, sie loszuwerden, sie wegzuwerfen und doch sah sie darin auch eine Schwäche, dass er nicht stark genug gewesen war, zu ihr zu stehen.

Sie hatte die kuriose Idee, die intimsten Stellen im ersten Drittel des Buches „der Himmel über mir", den sie „Eros" genannt hatte, zu „schwärzen", zu kennzeichnen und somit den Leser*innen die Möglichkeit zu geben, ihre eigenen Phantasien und Bedürfnisse einzusetzen. Und es würde die Auseinandersetzung an sich nicht verloren gehen.
Den zweiten Teil, der die reale Begegnung vor Ort schilderte, würde sie gar nicht wiedergeben, denn dort handelte es sich um Frustration und Glück, wie sie auch vorher und nachher stattfanden. Es war so, dass sie nicht konnte, während er immer konnte. Für sie war das ein Novum, und sie führte es darauf zurück, dass sie die Situation einfach nicht annehmen konnte, akzeptieren und sich entspannen. Sie verzweifelte

über ihre Lage, die Zwickmühle, ihre Hilflosigkeit, ihre Machtlosigkeit, ihre Ohnmacht gegenüber ihm und seiner Situation, die er nicht ändern wollte. Es blieb also ein Ehebruch seinerseits, und sie hatte mitgemacht, wenn auch in der Hoffnung, dass er sich trennen würde, um mit ihr zusammen zu leben. Im dritten Teil, den sie Verlust genannt hatte, kämpfte sie um den Erhalt, um die Fortsetzung der Beziehung, denn sie hatten doch in dem Park „les trois rois" die Entscheidung getroffen, dass sie alle drei Monaten käme.

Heute kramte sie den Ring hervor, den sie unbedingt als ihrer beider „Ehering" ansehen wollte. Ja sie trug ihn heute. So widersprüchlich war sie.

Im Stadtpark war es heiß wie überall. Sie saß auf einer schattigen Bank, hinter ihr ein Gebüsch, dahinter auch Bänke, dort hatte sich eine Gruppe Musikanten niedergelassen. Sie hörte zwei Posaunen und zwei Violoncelli. Sie spielten Klassisches, das sie nicht kannte, wovon sie aber sehr angetan war. Als sie ging, sah sie, dass es zwei Frauen und zwei Männer waren. Vielleicht zwei Ehepaare.

Sie hatte überlegt, auch das Buch „Sanftes Kratzen" zu kündigen, denn es hing mit dem Buch „Der Himmel über mir" zusammen, weil sie in „Sanftes Kratzen" seine Portraits zeigte, die sie von ihm angefertigt hatte, zwei Ölbilder, die sie später mit einem durchgestrichenen Kreuz übermalte.

Gestern wie heute waren auf der großen Festwiese im Stadtpark die Flaschensammler unterwegs. Ein schwarzer Mann sammelte so viele Flaschen, dass sie ihn fragte, wie er all die Taschen transportieren wolle. Er meinte, er würde so viel er könne in den Supermarkt bringen und die anderen Taschen solange verstecken, bis er wiederkäme in der Hoffnung, dass sie nicht gestohlen würden. Aber wenn, sei das auch nicht schlimm. Es war wohl seine erste Tour, denn er fragte, wann der Stadtpark schließe. Andere sammelten Wertsachen, die die Feiernden verloren hatten, und, es waren noch die echten Müllmänner unterwegs, die in der brüllenden Hitze ohne Kopfbedeckung Flaschen, Scherben und Plastik in ihre grauen Müllsäcke stopften, die sie hinter sich herzogen. Wenn diese voll waren, wurden sie zugebunden und abgestellt. Die kleinen Transporter würden sie abholen.

Jeder Tag war anders. Heute am Samstag keine Schulklassen Invasion, dafür viele, die joggten.

Sie trug auch heute wieder den Rosenquarzring aus Nice und den Aquamarin, eine schöne Kombination. Es mussten ja nicht immer drastische und kräftige Farben sein.

Auf Nachfrage schrieb ihre Schwester, dass der Pflegedienst schon da war und dass sie jeden Tag fragen würden, wie die Nacht gewesen sei. Alles sei gut.

Jo, die bald ihr Kind erwartete, schrieb, dass ihr Energiepegel sinke, ihr Elan, aber es würde ja nicht mehr lange dauern.

Was Nicholaj anging, so sagte sie sich, dass er, wie sie selbst, auch Ruhe brauche und so wenig wie möglich Unruhe bräuchte.

Br., hatte seit längerem Kontakt mit einer alten Freundin, weshalb er sich nicht mehr meldete. Er hatte sie wieder ausfindig gemacht. Nun war sie in ein Frauenstift an der Max Brauer Allee nach Hamburg gezogen und besuchte ihn in Nordfriesland für vierzehn Tage. Es sei erstaunlich gut gegangen und gut gewesen, denn sie könne sich auch selbst beschäftigen. Sie war Künstlerin, aber was für eine Kunst sie gemacht hatte, wusste er nicht. Das fand sie befremdlich, dass er sie nicht gefragt hatte, ob sie gemalt, musiziert oder plastiziert hätte. Inzwischen hatte sie ihre künstlerische Produktion fallengelassen, vielleicht kam daher das Desinteresse. Es war jetzt offenbar etwas anderes dran.

Im Radio hörte sie in ihrer schlaflosen Nacht im Deutschlandfunk die Sendung „Jazz Klassiker" um 22.00 Uhr. Es ging um den Gitarristen Tal Farlow. Es war mal etwas anderes. Auch sein Gitarrenspiel war nicht so wie üblich. Sehr angenehm. „Gitarrenheld wider Willen" hieß die Sendung.

Sie wollte nun noch das letzte Drittel von „Der Himmel über mir" durchlesen, um zu sehen, ob sie etwas retten wollte. Sie hatte die beiden Bücher zwar gekündigt, aber wollte sie in positiven Teilen retten und hier einfügen. Da hatte sie noch etwas vor sich.

Viel Lärm um Nichts? Sie hatte sich gequält. Die beiden Bücher „Der Himmel über mir" und „Sanftes Kratzen" waren gekündigt. Sie hatte im letzteren die Bilder rausgenommen, seine gemalten und zerstörten Portraits. Um dann das ganze Buch in dieses einzufügen und davor sogar auch noch den Teil namens „Eros" aus dem Buch „Der Himmel über mir", nachdem sie entschärft, bereinigt hätte, was sie beunruhigt hatte.
Sie versuchte, alles in dieses Buch Lichtung zu integrieren, so dass es anschwoll wie ein nicht mehr fassbares und überblickbares „Monster".
Gott sei Dank kam sie nach qualvollen Stunden und Tagen zur Besinnung und schnitt die beiden Bücher, wieder heraus.
Ob es bei der Kündigung bliebe oder sie eine Neubearbeitung des jeweiligen Buches vornehmen würde, blieb vorerst dahingestellt. Das Einfachste war, die Kündigung zurückzunehmen. Angeboten hatten sie es. Mal sehen.

Sie hatte wieder zwei DDR-Krimis gesehen, den Polizeiruf 110 aus den 70iger Jahren. In „Die letzte Kundin" fand sie die Charaktere gut herausgearbeitet, die Frau, die ihren Mann im Glauben ließ, er hätte den Händler umgebracht. Durch das Unfassbare, was er getan hatte, wurde er krank und niedergeschlagen. Als dieser veränderte, verschlossene Mensch war er ganz in den Besitz seiner Frau übergegangen, schien es, vorher hatte er Affären und sogar eine über mehrere Jahre. Gewiss, die Frau fühlte sich betrogen durch seine Untreue und hatte nicht das Gefühl, einen treuen Ehemann an ihrer Seite zu haben, der sie liebte. Sie glaubte nun, da er sich von der Welt abkapselte in dem Gefühl, ein unentdeckter Mörder zu sein, könnte sie ihn für sich gewinnen, was aber nicht geschah, denn er zog sich nicht nur von der Welt zurück, sondern auch von ihr bis in sein winziges Kämmerlein, vielleicht 2m² groß, in dem er seine Holzschnitzarbeiten betrieb.

Ihre Schwester schrieb, dass sie das Fußballspiel Deutschland gegen Portugal mit Spaß gesehen hätte.

Sie war schon lange nicht an der Elbe, machte am Sonntag bei ganz schlechtem Wetter eine Ausnahme. Sie sah N. im Café, ging ihr aber aus dem Weg. Sie war auch schon Ka. aus dem Weg gegangen. Den Mann traf sie nicht, denn es war ja Sonntag und der Sonntag gehörte seiner Frau. Das tat ihr schon wieder weh, nicht wegen ihm, sondern weil es sie an Nicholaj erinnerte und ihr Leiden an der Situation. N. kam ihr auf dem Rückweg entgegen, und so sagte sie, um nicht wortlos an ihr vorbeizugehen, dass der Wind guttäte, was sie bestätigte und ihr weites, langes, rotweißes Kleid mit ihren Armen ausbreitete, damit der Wind darin herumfahren konnte. Das war's. Gott sei Dank. Sie waren nicht einmal stehen geblieben, sondern hatten es en passant gesagt. N. hatte wieder glasige Augen.

Lissabon war über das Wochenende abgeriegelt worden, weil sich dort die Delta Variante ausbreitete. Sie sprachen davon, dass vielleicht im Herbst es hierzulande auch wieder losgehen würde, die Inzidenzzahlen kletterten. Wahrscheinlich würde ihr Urlaub dann ins Wasser fallen.

Br. Schickte ihr seine Patientenverfügung. Reichlich kompliziert.

Auf der Wiese spielten zwei Mädchen ein Spiel aus Hölzern, die sie Knechte nannten mit einem König in der Mitte. Das turnte sie schon ab, dass heute noch Spiele mit diesen Hierarchien an den Mann und an die Frau gebracht wurden.

Jo war auf der Zielgeraden. In vierzehn Tagen würde sie ihre Tochter gebären. Die Hitze hätte ihr nichts ausgemacht.

Heute unruhig, obwohl sie gestern noch die beiden Bücher „Sanftes Kratzen" und „Der Himmel über mir" in diesem Buch herausgenommen hatte, aber sie war sich noch nicht schlüssig, ob sie die Kündigung rückgängig machen wollte. Es wurde doch letztendlich nicht alles so heiß gegessen wie es gekocht wurde. Die ganze Scham – war das nicht lächerlich und überflüssig? Es war doch alles menschlich. Der Mensch war sich als Mensch ausgeliefert. Sie würde es sich leichter machen, wenn sie es so ließe.

Gestern hatte sie noch durch Zufall ein schönes Konzert von Brahms auf NDR Kultur gehört, das 2. Streichquartett.

Im strömenden Regen war sie an die Außenalster gefahren, wo sie äußerst selten spazieren ging, denn dort war es meistens dicht gedrängt. Sie hielt nicht lange durch, weil ihre Schuhe bald durchnässt waren und auch die Ärmel ihres Trenchcoats, die nicht vom Regenschirm bedeckt wurden. Ihr Spaziergang im Regen endete an dem Denkmal, das sie zum ersten Mal näher betrachtete. Sie ging dafür sogar über die Straße. Auf dem Schild las sie „Den tapferen Söhnen die dankbare Vaterstadt. 1870 – 1871". Ein Engel mit großen Flügeln umfing einen sterbenden Soldaten. Krieg zwischen Deutschland und Frankreich, das den Krieg erklärt hatte, der damit endete, das Frankreich den Großteil des Elsass und einen Teil Lothringens abtrat. Sie überlegte einen Moment, ein Foto an Nicholaj zu schicken, denn er hatte ihr auch einmal ein Foto von einem Soldatendenkmal aus Arriège geschickt, auf dem eine Frau einen sterbenden Soldaten tröstet. Sie tat es nicht.

Zurzeit wurde an den deutschen, kriegerischen Überfall auf die Sowjetunion erinnert, dem 27 Millionen sowjetische Soldaten zum Opfer fielen.

Eröffnung des Dokumentationszentrums „Flucht, Vertreibung, Versöhnung für Vertreibung und Flucht in Berlin".

Im Stadtpark Schulklassen Invasionen, weshalb sie flüchtete.

Vor der Haustür saß die 86-jährige Frau, die über ihr wohnte und ein knarrendes Holzbett hatte, das sie bei jeder ihrer Umdrehungen hörte - nicht mal die Ohropax konnten ihr da helfen -, auf den Stühlen des Friseurs und schaute zu Boden. Wahrscheinlich ruhte sie sich aus, bevor sie in den vierten Stock hochstieg oder sie wartete auf jemanden.
Ihre 82-jährige Freundin, die auch im Haus wohnte und morgens ihre Zeitung beim Kiosk nebenan holte, sah sie jetzt oft in wunderschönen, längeren Spitzenkleidern aus Tüll. Sie machte ihr ein Kompliment und sie sagte, das seien ganz alte Kleider. Nachmittags allerdings, wenn sie einkaufen ginge, trage sie lieber Hosen und Sandalen ohne Socken. Sie war in der letzten Zeit sehr freundlich zu ihr, was früher nicht der Fall war.

Sie fragte ihre Schwester, wie es ihr gehe, sie schrieb, dass sie sich zum Mittagessen einen Matjes gewünscht hätte. Sie fragte, ob mit Kartoffelsalat. Sie antwortete mit ja. Sie fragte weiter, ob ihre Tochter ihr das Essen brächte (oder vielleicht in ihrer Küche zubereitete). Sie antwortete mit ja mit zwei a. also Jaa. Wahrscheinlich fühlte sie sich genervt.

Es war ihr doch tatsächlich passiert, dass sie einer Frau gegenüber, die in den Bus eingestiegen war, dachte „Schlampe!" Das war entsetzlich. Fühlte sie sich so entwertet, dass sie wieder eine Übertragung startete, eine Entäußerung machte, eine Verletzung nach außen projizierte? Fühlte sie sich als Schlampe und musste nun eine andere Frau beschuldigen bzw. beleidigen. Natürlich sprach sie die Beschimpfung nicht aus. Aber das alleine zu denken reichte schon. Sie war wirklich schlecht drauf.

Sie sah nochmal nach, wann die schwarz-weiß Krimis mit Erik Ode im westdeutschen Fernsehen liefen: 1969 – 1976. Damals hatte sie keinen einzigen gesehen, weil sie damals kein Fernsehen schaute, auch wenn ihre Mutter sie oft bat, sich doch zu ihr zu setzen und sich mit ihr Millowitsch Komödien anzusehen.

Nun sah sie sich die in der DDR produzierten Krimis der Serie „Polizeiruf 110" an und zwar von 1971 bis zur Wende. Irgendwie wurde ihr der „Menschenschlag" wie ihre Mutter sagte, sympathisch.

Herumgeirrt wie eine Heimatlose, eine Demente. Von hier nach da, von da nach hier. Andere würden sagen Vagabundin, wieder andere eine Flaneurin, aber sie war gestresst.

Als sie jeden Morgen an die Elbe fuhr, erging es ihr nicht so, jedenfalls meinte sie das. Aber dahin wollte sie nicht mehr wegen des Mannes, dessen Situation sich mit der von Nicholaj für sie deckte.

In den Stadtpark könnte sie erst wieder fahren, wenn Sommerferien waren und keine Schulklassen Invasion sie stresste.

Sie fuhr also wieder an die Alster, denn heute regnete es nicht. Nur, dass immens viele Fahrradfahrer*innen unterwegs waren, die sich mit den Fußgänger*innen den Gehweg teilten, aber nach einer gewissen Zeit hörte das auf, von da an hatten sie einen Fahrstreifen für sich neben den Autos. Sie ging bis zur Rabenstraße, zum Fähranleger, der außer Betrieb war und noch ein Stück weiter zur großen Wiese mit den weißen Stühlen. Sie ging durch die Milchstraße, weil sie glaubte, sie käme auf den Mittelweg mit dem Bus 15. Aber sie hatte sich getäuscht, war zu lange nicht mehr in der Gegend gewesen. Sie musste also weiter mit ihren schon brennenden Füßen. Irgendwann hatte sie die Orientierung wieder und ging zur Haltestelle, die gegenüber von Studio Hamburg lag, wie sie sah. Der Bus 15 fuhr sie nach Ottensen, es war eine lange Busfahrt, die sie ins Schwitzen brachte, und die Maskenpflicht, die noch nicht aufgehoben war und wahrscheinlich auch über den Sommer bleiben würde, erschwerte das Dasein. Aber sie trank endlich ihren dekoffenierten Espresso mit einer großen Tasse kaltem Wasser und unterhielt sich mit der Bedienung, die für ein paar Tage mit Freund*innen nach Berlin wollte. Als sie die Stühle noch nicht aufgebaut hatte, ging sie mit ihrer Tasse auf eine Bank zu, sogleich kam eine Bedienung aus dem Eiscafé nebenan und wollte sie verscheuchen, weil sie glaubte, sie wolle sich auf die Stühle des Eiscafés setzen, das komplett leer war. So waren sie alle verschieden.

Mit der S-Bahn fuhr sie zum Jungfernstieg, um im Bioladen ihre Lebensmittel zu kaufen. Sie hatte großes Glück, denn der Lachs und Käse war 50%

reduziert. Sie aß auf den Treppen an der Binnenalster ein Tiramisu, das sie ebenfalls nur gekauft hatte, weil es 50% reduziert war. Es war schrecklich, dass sie dann nicht widerstehen konnte. Die üblichen Bettler waren unterwegs, blieben vor einem stehen, auch wenn man abgewunken hatte. Sie gab ihm ihr Tiramisu. Sie wollte sowieso wegen ihrer Arthrose mit den Süßigkeiten aufhören. Die Flaschen- und Dosensammler zogen ihre Bahnen.

Für die Rückfahrt hatte dieses Mal den 5er Bus genommen, fuhr sie bis Hoheluft Chaussee, denn sie hatte die Vorstellung, von dort aus über die grünen Wiesen am Kaiser Friedrich Ufer zum 4er Bus zu laufen. Aber sie machte, nachdem sie noch bei Alnatura reingeschaut hatte, aber da war wie immer alles zu teuer, doch schlapp und fuhr mit dem Bus 181, der in der Mansteinstraße hielt, bis zum Eidelstedter Weg. Was für eine Tortur hatte sie sich angetan. Es gab solche Tage. Da hatte sie wohl den Eindruck, sie müsste ihre Energie verbrauchen.

Als sie auf das Haus zuging, traf sie eine Hausbewohnerin, die ihre Pappen zum Container bringen wollte. Sie erzählte, dass ihre 80jährige Mutter noch gut dabei sei im Gegensatz zu den Müttern von drei Freundinnen, die alle an Demenz litten. Oh je. Die Alten in diesem Haus waren alle noch gegenwärtig.

In der Wohnung rief sie sowohl Irene an als auch Jo, das hatte sie sich vorgenommen. Sie hatte lange nicht mit ihnen gesprochen, aber keine von beiden war da. Deshalb ging sie, was sie sowieso wollte, zu Ms. Baker, um zu schreiben, das war derzeit ihr Ruhepol, obwohl es nicht zu den Lokalitäten zählte, in die man ging, die en Vogue waren, im Gegenteil.

Gestern hatte sie den DDR- Polizeiruf 110 von 1988 gesehen, „Der Kreuzworträtselfall", der ein Verbrechen aufklärte, dass tatsächlich in Halle stattgefunden hatten, ein Kindesmissbrauch mit Tötung. Es war schwierig, den Fall zu lösen, es gab nur den Anhaltspunkt der Schrift, mit der das Kreuzworträtsel ausgefüllt worden war und das in dem Koffer, in der auch die Leiche des kleinen Jungen lag, gefunden wurde. Der Mörder hatte den Koffer wohl aus dem Zug geworfen, nachdem er die Stadt verlassen hatte und zu seiner Freundin in Heiligen Born? gezogen war. Die Freundin berichtete später, dass sie ihm immer von kleinen Jungen erzählen musste, die sie vorher zusammen gesehen hatten, von ihrer weichen Haut und dergleichen, erst dann konnte es zum Sex kommen. Würde sie ihm diese Geschichten nicht mehr als Aufputschmittel erzählen, würde er sie verlassen. Sie hatte sich nicht viel dabei gedacht, es war ihr erster Freund, und sie wollte ihn nicht verlieren, überdies hatte sie ihn als kinderlieb empfunden. Es war auch schwierig gewesen, die Frau, die Mutter der Tochter, die eine Schriftprobe abgegeben hatte wie alle Einwohner*innen Halles, zu finden. Zuletzt wurden Schriftproben erhoben von Weggezogenen, deren neue Adressen ausfindig gemacht wurden. So wurde erst einmal die Mutter gefunden. Es stellte sich heraus, dass sie noch eine Wohnung in Halle hatte, für die auch die Tochter einen Schlüssel besaß und

einen weiteren nachmachen ließ für ihren Freund, um dort mit ihm zusammen zu sein. Hier hatte der Freund das Verbrechen begangen. Als die Mutter verhört wurde, war auch die Tochter zugegen. Dem Kommissar, (der junge Schmidt-Schaller), der die Tochter geschickt aushorchte, fielen die Schuppen von den Augen. Nun mussten sie das Mädchen, die junge Frau verhören und ihr auch sagen, dass ihr kinderlieber Freund ein Kindermörder war.
Sie fand, dass auch die Eltern gut gespielt hatten.
Die Musik in dem Film von einem Arnold Fritsch fand sie extrem gut.

Als sie an der Alster saß, sah sie auf der gegenüberliegenden Seite St. Georg, die Kirche, den Kirchturm, die Kirchturmspitze. St. Georg, ihre erste Station in Hamburg, wo sie mit ihrem kleinen Sohn in eine Neuner-WG mit Leuten, die sie alle nicht kannte, einzog. Nebenan sah sie das Hotel Atlantik, in dem Udo Lindenberg „zu Hause" war, der gerade 75 geworden war und Ehrenbürger der Stadt Hamburg werden sollte.

Heute war sie mit An. im Schmidtchen am Fleet in der Innenstadt unten am Wasser. Sie waren lange Zeit die einzigen. An. bestellte Eiscafé und einen Rabarberbaisée. Sie selbst einen Hafermilch Ccappucino. Das Schmidtchen war eine Kooperation mit yellow fisch eingegangen, einer gehobenen Küche. Aber die betraf sie nicht, denn mittags wären sie wieder weg. An. hatte eine Eselwanderung mit ihrer Familie gemacht und war ganz beglückt. Sie hatten auch in Frankreich eine solche gebucht, und so war sie zufrieden, dass sie schon mal wusste, wie man die Hufe eines Esels säuberte, denn ob sie die französischen Erklärungen vor Ort verstehen könnte, war nicht sicher. Auf der Wanderung waren sie vier Familien und ein Pärchen. Es war ein Rentner-Ehepaar, das sich dieses kleine Unternehmen aufgebaut hatte. Zunächst liebten sie Esel, dann entwickelte sich alles weitere.

An. erzählte, dass sie in jüngster Zeit viel von ihrer Stiefmutter träume, mit der sie sich anfangs gut verstand, jedoch dann weniger und weniger. Es war auch abstrus, was sie erzählte, denn diese Stiefmutter wollte die Wäsche von ihr selbst und ihren Kindern nicht mit der Wäsche von An. und ihrem Vater zusammen waschen, deshalb durften sie ihre schmutzige Wäsche nicht in den gemeinsamen Korb stecken, sondern mussten in den Keller, wo ein Korb für ihre schmutzige Wäsche zwischen den Mülleimern bereitstand.

Als An., die noch einen Kosmetik Termin hatte, und sie sich trennten, aß sie ein Butterbrot und fotografierte anschließend das Denkmal „40.000 Söhne der Stadt ließen ihr Leben 1914 -1918 für euch", das an der Viertelkreistreppe zur Kleinen Alster stand. Von Klaus Hoffman war die Stele entworfen worden und von Ernst Barlach die trauernde Mutter mit Kind. So wurde es 1931 eingeweiht, 1938 ließ der NS-Senat das Relief wieder entfernen. Es wurde durch das Motiv eines aufsteigenden Adlers ersetzt. 1949 ließ der Senat es wieder beseitigen und das Relief von Barlach rekonstruieren.

Ihre Schwester war sehr einsilbig. Schrieb, sie sei mit sich zufrieden und hätte keine zufälligen oder bewussten Rückblicke wie sie, das hatte sie sie gefragt.

An der Binnenalster auf einer Bank ohne Lehne sitzend, die frau-man hin- und herschieben konnte auf den Betontreppen am Jungfernstieg, sah sie eine ältere Dame mit ihrem Sohn eine solche Bank ansteuern. Sie wusste natürlich nicht, ob sie wirklich Mutter und Sohn waren, aber so kamen sie ihr vor. Der Sohn schien seine Mutter zu stützen, die frisch frisiert war und Ohrringe trug, aber keinen Lippenstift. Sie war eine feine Dame, das sah frau-man und auch der Sohn zwischen 50 und 60 Jahren wirkte wie aus einer feinen Gesellschaft. Als sie saßen, drückte er sich dicht an sie, rückte dann aber wieder ab. Sie hatten wohl die Idee, mit dem Schiff eine Alsterrundfahrt zu machen, denn sie bestiegen das Schiff. Sie dachte, dass sie wahrscheinlich krank sei, vielleicht sogar sterbenskrank und dass sie noch etwas Schönes erleben wollte, bevor es vorbei war.

Bevor sie aus dem Haus ging, hatte sie noch ein kleineres Bild mit einer Farbe übermalt, es sollte eigentlich hellrot werden, ein sehr helles rot, aber es wurde eher lachsfarben, denn sie hatte Angst, zu viel Rot beizumischen.

Sie würde wahrscheinlich auf Papier weitermalen, denn Leinwände wollte sie sich nicht mehr kaufen. Die Papiere, die sie hatte, waren ca. 65cm x 1m. sie dachte an eine Serie, es war ja jetzt schon eine, aber sie dachte daran, sie fortzusetzen, ob sie, wie bei den Leinwandübermalungen, Strukturen setzen würde, wusste sie noch nicht. Oder später wieder etwas darauf malen?

Als sie nach Hause kam, standen vor der Wohnungstür unter ihrer Wohnung Schuhe. Das ließ sie leicht vor Furcht zittern, denn sie hatte vor dem

Ehepaar, insbesondere vor der aggressiven Frau Angst, die Furcht, von ihr angegriffen zu werden, verbal, denn das war schon passiert. Sie war bekannt dafür. Sie wollte in Ruhe gelassen werden. Aber nun musste sie fürchten, dass sie zurückkamen vom Land, wo sie in ihrem Haus die Corona Monate verbracht hatten. Vielleicht war er auch nur auf Stippvisite, aber irgendwann wäre es soweit.

Die Gänse putzten sich. Nachdem sie aufgestanden waren. Vorher lagen sie auf dem Rücken, die langen Hälse auf den weißen Körpern wie Arme abgelegt aufs Geratewohl. Es sah zunächst für sie so aus, als lägen dort weiße Leichname. Aber dann erhoben sie sich, reckten und streckten sich. Sie war nämlich heute Morgen mit ihrem Angebotscafé zur Dreivierteltreppe an die Kleine Alster gegangen, wo auch die Stele zum Gedenken an die toten Soldaten, den Söhnen der Stadt, stand.

In der Nacht hatte sie wild durcheinander gedacht. So auch an Petsche, der Suizid begangen hatte, weil er zwischen zwei Frauen stand, der alten Beziehung und der neuen. Sie wohnten damals im Haus. Petsche besuchte sie Weihnachten vor seinem Tod, was er nie getan hatte. Sie dachte sich dummerweise nichts dabei, sondern nahm es für bare Münze, als er sagte, dass er in der Gegend gewesen sei, denn sie waren fortgezogen. G. war 10 Jahre älter als er, Lehrerin. Sie ging bei den beiden ein und aus. G. war immer felsenfest davon überzeugt, dass Petsche sie nie betrügen würde. Sie mochte beide. Spät begriff sie, dass G. Alkoholikerin war, schließlich eine Entziehungskur machte und zu den Anonymen Alkoholikern ging. Aber das hat nichts geholfen. Der junge, schöne Petsche musste sehr verzweifelt gewesen sein. Am Ende waren sie sich spinnefeind.

Sie ging auch bei A. und T., ihrem koreanischen Mann, ein und aus, sie waren die Nachmieter von Petsche und G.. Damals schloss man die Türen noch nicht ab, sondern drückte einfach die Klinke, jedenfalls war das bei G. und danach bei A. so, bei ihr selbst allerdings war das nicht so. Aber dann überraschte A. ihren Mann mit einer anderen Frau in ihrem Ehebett und ließ sich scheiden, um ihn jedoch bald wieder zu heiraten und Kinder mit ihm zu zeugen. Aber seine Vaterschaft schaffte seine Untreue nicht ab, und sie schieden sich endgültig.
Jetzt wohnte in der Wohnung ein Paar, das auch jüngst geheiratet hatte, aber was sie noch mehr wunderte, war, dass er ihr stets einige Meter voraus ging, also sie hinterher. Genauso war es bei dem Ehepaar über ihr auch, aber da war sie es, die immer ein paar Schritte voran ging und er mit gesenktem Kopf hinterher, inzwischen war er gestorben.

Sie dachte daran, dass sie eine Weile oft spontan zum Teetrinken zu Br. gegangen war, der zwei Straßen weiter wohnte und dessen Tochter sie ehemals in ihrem Kunstunterricht hatte, auch vertretungsweise manchmal in Mathe und Deutsch. Br. fragte sie eines Tages, warum sie ständig käme, seine Exfreundin, mit der er noch sehr viel verkehrte, hätte ihn auch schon gefragt. Seitdem hatte sie ihre Stippvisiten eingestellt. Ihre Besuche hatten keine Beziehungsabsicht, dafür war er ihr zu grob, sondern sie schien eine soziale Anbindung zu suchen, und er gab sich sehr offen. Er hatte ihr dennoch geholfen, als sie die Wohnung ihres Sohnes, der nach Irland gegangen war, auflösen musste. Er holte die Auslegware heraus und brachte sie zum Recyclinghof. Sie musste alles streichen, auch die Türen und Fenster. Ihr Sohn schrieb, dass die Spedition doch nicht alles nach Dublin bringen sollte, denn er hatte nur eine möblierte Wohnung bekommen können, und das war schwer genug. Nach einem Monat Hotel hatte er zugegriffen, zugreifen müssen. Dreiviertel seiner Sachen brachte die Spedition daher auf ihren Dachboden und in ihre Wohnung. Später, als er nach 5 Jahren zurückkam, brachte die Spedition seine restlichen Sachen aus Irland auch noch zu ihr, so dass die Wohnung sich randvoll mit Umzugskartons füllte. Sie richtete aber bei alledem sein ehemaliges Zimmer so gut es ging wieder her, damit er, wenn er aus Indien, aus Kerala, wenn dort sein halbes Ausbildungsjahr, das auf seine Rückkehr aus Dublin folgte, vorbei wäre und er endgültig zurückkäme, darin wohnen könnte. Ab da begann die erneute Wohnungssuche, die ein Jahr dauerte und auch die Arbeitssuche. Keine einfache Zeit für einen blinden 40-jährigen Mann, der plötzlich wieder in der Wohnung der Mutter wohnte, Wand an Wand. Sie drohte der Vermietungsgesellschaft damit, dass sie sich an die Zeitung wenden würde, (denn das hatte sie zuvor gerade in einer Zeitung gelesen), ihr wiederum wurde deshalb mit einer Klage gedroht. Sie sagte, es wäre nach einem Jahr ohne Angebot pure Verzweiflung gewesen, sie hätte es nicht wirklich beabsichtigt und bekam zwei Wohnungsangebote, eine der Wohnungen wurde dann die ihres Sohns. Uff! Geschafft! Auf zum Nächsten: Neuerliche Umzugsorganisation.

Sie fragte ihre Schwester, ob es ihr gut gehe, aber sie antwortete nicht. Deshalb dachte sie, dass es ihr vielleicht nicht gut ginge und fragte sie: Geht es dir nicht so gut? Keine Antwort. Schließlich schrieb sie, dass sie sich Sorgen mache, sie möge doch, wenn es ihr möglich wäre, ein Hallo schicken. Keine Antwort, also sendete sie drei Fragezeichen. Daraufhin schrieb ihre Schwester: „Hallo. Ich mag mich." Diese Mitteilung irritierte sie einerseits, andererseits erkannte sie darin ihre Schwester wieder und zugleich den Unterschied zwischen ihrer Schwester und ihr selbst, der es an Selbstliebe mangelte.

Sie saß gegenüber den Alster-Arkaden, die im Sonnenlicht weiß strahlten und glänzten wie das Wasser der Kleinen Alster in der Sonne. Es war gerade 8.00 Uhr, als sie sich ihren Angebotscafé holte und hierhersetzte. Drüben unter den Arkaden wurde aufgebaut. Stühle und Tische hervorgeholt, jemand kümmerte sich um die roten Geranien, die entlang der Treppe, die hinunter zum Wasser führte, aufgestellt waren, denn unten am Wasser gab es noch weitere Sitzplätze, die zum Café gehörten. Sie mochte es, wenn der Morgen mit Aufräumarbeiten begann. Wie auch im Stadtpark, wo die Wiesen frühmorgens vom Müll der feiernden Mensch*innen befreit wurden, die Müllmänner benutzten einem langen Stab, um den Müll aufzupicken, hochzuheben und in den Sack zu befördern. Hier begann der Morgen mit dem Herausstellen der Stühle und Tische. Sonnenschirme wurden aufgespannt. Die ersten Gäste erwartet. Sie freute sich, dass sie diesen Platz entdeckt hatte,

Eigentlich wollte sie heute in die Bucerius Kunstaustellung: „Moderne Zeiten. Industrie im Blick von Malerei und Fotografie", aber die Beschreibung in der gestrigen Sendung „Fazit, die Kultur vom Tage" brachte sie davon ab, so viel Industrialisierung und Kapitalismus auf einmal mit ihren Schäden, die sie verursachten, war ihr heute zu viel.

In der Nacht zuvor hatte sie in der Radionacht im Deutschlandfunk, als sie nicht schlafen konnte, eine Sendung über Ernest Hemingway gehört, dem Energiebündel und späterem Wrack. Natürlich erinnerte sie sich auch an seine Erzählung „Der alte Mann und das Meer", für die er 1953 den Pulitzer Preis erhielt. Aber es ging auch um die Romane „In einem anderen Land und „Wem die Stunde schlägt". (1954 erhielt er den Literaturnobelpreis), wie auch um seine vier Ehen. Was seine dritte Ehe mit Martha Gellhorn betraf, die ebenfalls Schriftstellerin und Kriegsreporterin war, wurde diese mit Aussagen zitiert, die besagten, dass sie immer nach Ausreden suchte, wenn es um den Beischlaf ging, wenn das nicht funktionierte, ließ sie es über sich ergehen, es würde ja nicht lange dauern. Gruselig. Erinnerte sie an die Einstellung ihrer Mutter. Gellhorn bezeichnete Hemingway einmal als widerwilligen Begleiter. Im Internet las sie jedoch, es handelte sich um eine leidenschaftliche Beziehung. Vielleicht war es am Anfang so.

In der S-Bahn traf sie, als sie zum Stadtpark fuhr, zufällig G., den Franzosen, den sie 5, 6 Jahre nicht gesehen hatte. Sie parlierten auf Französisch. Er war 67, sagte er und habe vor drei Jahren einen Herzinfarkt gehabt, es sei zu Hause passiert. Ab und zu zog er seine Maske herunter. Er hatte sich einen üppigen Bart wachsen lassen, was ihr nicht gefiel, überhaupt hatte er seine Jugendlichkeit verloren, lebte immer noch in der Wohngemeinschaft mit einer kettenrauchenden Frau, der andere Mitbewohner sei gestorben.
Auch deshalb würde sie Nicholaj gerne nochmal treffen, um zu sehen, ob er noch derselbe war oder ob er auch fettleibig geworden war, das Alter veränderte. Sie war auch faltiger geworden.

Im Stadtpark wanderte sie in dem schattigen Wald herum, ging aber auch neben der großen Wiese, sie ging im Schatten und sah das Licht, mit dem die große Wiese, Festwiese genannt, bestrahlt wurde. Wieder hatte die Polizei einschreiten müssen, als am Wochenende Party ohne Ende gefeiert wurde.

Sie dachte an ihre Schwester, erinnerte sich an früher, an ihre Auftritte, die alle Aufmerksamkeit auf sich zogen, denn sie war die Erste, die Mutter sprach von der Erstgeborenen, sie war die Beste, die Königin, die Strahlende, auf die die Eltern stolz waren. Ihre Schwester, der die Männer zu Füßen lagen, wie diese mit triumphierendem Lächeln behauptete.

Sie hatte Farbe in der Waschmaschine, sie wollte zwei Blusen in der Farbe Bonbonrosa weinrot färben und das Kleid, das sie sich einst für Nicholaj gekauft hatte, schwarz. Ja, sie hatte das Bedürfnis, es in Schwarz zu ertränken. Sie kaufte sich schwarze Textilfarbe und färbte es in der Waschmaschine mit anderen Kleidungsstücken, aber das Kleid nahm die Farbe nicht an. Daher hängte sie es zurück in den Schrank. Wer weiß, was eines Tages damit passieren würde. Vielleicht würde es für immer im Schrank hängen bleiben.

Heute Morgen war sie schon um 5 Uhr auf den Beinen, öffnete alle Fenster, brachte das Bettzeug auf den Balkon, wendete die Matratze um und zog ein frisches Bettlaken auf. Sie holte die gefärbten, über Nacht getrockneten, Kleidungsstücke herein, zupfte ihre Haare rund um den Mund, legte sogar die Enthaarungscreme über ihre Oberlippe. Bereitete ihr Frühstück zum Mitnehmen zu.
Auf dem Weg zur U-Bahn traf sie die Seidenstickerin mit ihrem Hund, die ihren Brustkrebs überwunden hatte. Sie war sehr dünn, das war sie jedoch immer schon. Sie sagte zu ihr, der viel Älteren, sie sehe blendend aus. Da der Hund bellte, mochte sie nicht länger stehenbleiben. Sie lebte mit ihrer Tochter

allein, machte das Beste aus ihrer Situation, in die sie eine unbefriedigende Beziehung gebracht hatte.

Wie sich doch in Stunden alles ändern konnte, in Minutenschnelle sogar, in Sekunden, konnte sich das Blatt wenden. Jemand sagte etwas, und alles war zerstört, an das jemand geglaubt hatte oder es passierte ein Unfall, ein Messerstich wie kürzlich in Würzburg und du bist tot, so stand es in der Zeitung. Die Mutter, die sich über ihr Kind warf, um es zu schützen, starb.

Sie hatte sich nur eine halbe Stunde hingelegt, danach war alles anders, sie war zusammengebrochen, sie war unsicher auf den Beinen, dachte, es sei Samstag, schon wieder Samstag, aber es war Dienstag, das fiel ihr dann doch noch ein, und sie wollte doch teures Geld ausgeben, um einen (anständigen)guten Cappuccino zu trinken, den bekam sie im Café Delice für 4€. Manchmal haute sie über die Strenge und gab entsprechend, wenn sie überzeugt war, Geld aus.

Heute Vormittag dachte sie daran, dass sie sich möglicherweise dafür entscheiden würde, die beiden Bücher doch im Programm zu lassen. Ihr wurde bewusst, dass sie wütend war auf ihn, dazu wollte sie stehen. Es war von vielem die Rede in den Büchern, auch von ihrer aufgestauten Wut. Und seiner. Gleichermaßen. Sie wollte ihre Wut nicht einstampfen, verbergen, verstecken, löschen wie das Buch. Nein, sie durfte ruhig da sein, sie hatte genauso sehr das Recht dazu wie er.

Gestern hatte sie den Polizeiruf110 von vor der Wende gesehen: „Des Alleinseins müde" mit Oberleutnant Peter Fuchs (Peter Borgelt). Der Heiratsschwindler war gut gespielt. Er umwarb die alleinstehenden Frauen und zockte ihnen das Geld aus der Tasche, welches sie ihm im Liebesrausch gaben. Wie empfänglich war doch die bedürftige Seele für Schmeicheleien, Versprechungen, Liebesschwüre, Bestätigung und Aufmerksamkeit. Interessant zu sehen, wie der Mann sein falsches Spiel genoss und null Interesse an keiner der Frauen hatte, die Gefühle waren vorgetäuscht, sobald er das Geld, das Haus, den Schmuck oder andere Wertgegenstände hatte, machte er sich aus dem Staub. Wie im wirklichen Leben.

Sie war wieder zur Dreivierteltreppe gefahren, aber ohne Sonne ergab sich ein tristes Bild. Auch war ihre Bank durch einen obdachlosen Schläfer besetzt. Sie suchte einen anderen Platz und hörte, wie schon am gestrigen Tag, den Geräuschen zu (als wäre sie blind wie ihr Sohn). Sie mochte das Rumoren, hinter ihr wurde offenbar ein Gerüst aufgebaut. Drüben, aber das sah sie nur, wurden Tische und Stühle losgebunden und in eine Reihenfolge gebracht. Doch zuvor lehnte sich die Bedienung über das Geländer und rauchte eine Zigarette, sie sah dabei aufs Wasser oder zu ihr herüber. Nach aufgerauchter Zigarette fuhr er sich über die Glatze und nahm seine Arbeit auf.

Sie hatte gestern noch mehr auf dem Zettel, aber war so erschöpft, dass sie Schluss machen musste. Unter dem Schirm vom Café Delice war es sehr dunkel, weil auch das Regenwetter dunkel war, aber auch allgemein verfügte sie nicht mehr über so viel Kraft.

Heute Morgen überall Baumaschinen und dröhnende Püster, die die Blätter wegpusteten. Sie verzichtete auf ihren Angebotscappuccino, weil sie keine Lust hatte, die neue Bedienung, die ihr unangenehm war, wiederzusehen, das Angebot lief sowieso demnächst aus. Sie fuhr sofort mit Proviant zu Planten und Blomen. Dafür hatte sie den Bus bis Sternschanze genommen und ging dann durch den Park über die große Kreuzung Schröderstiftstraße/Renzelstraße hinüber zu Planten und Blomen.

Ihr Sohn hatte ihr gestern Abend seinen neuen Song geschickt, der sehr schwungvoll daherkam. Leider hatte sie seinen Englisch gesungenen Song kaum verstanden, vielleicht schickte er ihr noch den Text. Sie freute sich, dass er Zeit gefunden hatte, kreativ zu werden, wie er schrieb.

In der Nacht hatte sie wieder sehr trübe Gedanken, vollkommen schwarz. Das belastete sie. Dass es keine Aussicht gab. Es hing nicht nur mit Nicholaj zusammen, sondern auch mit ihrem Alter, dem Älterwerden, dem Alleinsein, der Einsamkeit. Gleichzeitig wollte sie auch gar nicht mehr so viel Kontakt, es wiederholte sich alles und war anstrengend. Im Bett liegend hörte sie einem Jazztrio zu, das sich „Slow Fox" nannte, die CD hieß „Freedom". Es war unterirdisch, wie sie fand oder sphärisch. Ein Ton trug auf einer Horizontalen. Das Trio bzw. derjenige des Trios, der interviewt wurde, nahm diese Musik aber nicht ganz ernst, die seiner Meinung nach von einer Melodie getragen war, daher sozusagen ein „Abfallprodukt", eigentlich spielten sie in Richtung Neuer Musik.

Die Wut, die sie gestern auf Nicholaj kurz gespürt hatte und deren Akzeptanz u.a. für die Veröffentlichung der beiden gekündigten Bücher sprach, war verrauscht, verbraucht, abwesend. Sie war schon in eine andere Gefühlsstimmung abgetaucht, die düster war und sie verschlang.

Als sie in Planten und Blomen eintrat, sah sie die große Kastanie, die schon in weißer Blüte stand.
Sie schritt die Treppen hinunter und bewunderte eine Sportlerin, die abwechselnd in schneller Reihenfolge das eine um das andere Bein auf die Bank hob. Als sie endete und sich umdrehte, zeigte sie ihr den erhobenen Daumen. Danke, rief sie und lächelte.

Die Schattenseite der Nacht. Ja daran dachte sie, an schöne, wundervolle, erfüllte Nächte der Liebe, aber es gab auch Tränen in der Nacht, enttäuschte Liebe, Lieblosigkeit unter und über der Bettdecke. Doch mit Nicholaj gab es keine einzige Nacht, nur die Nachmittags- oder Abendstunde im Appartement, selbst als seine Lebensgefährtin verreist war. Zu sich lud er sie nicht ein wegen der Nachbarn und bei ihr wollte er nicht über Nacht bleiben wegen seiner beiden Hunde.

Wenn sie hier so durch Planten und Blomen wandelte, durch die Blütenpracht, die duftete und Männer sah mit Nicholajs Statur, wurde sie von einer heftigen Sehnsucht ergriffen. Immer noch war sie von ihm angezogen, das war wirklich eine Zauberkraft, sie spürte wieder die unerfüllte Sehnsucht, die schmerzte und zerriss.

Es kam ihr in den Sinn, dass nicht wenige Täter, ihre Schanddokumente irgendwo aufbewahrten oder speicherten, obwohl sie doch damit rechnen mussten, darüber entdeckt zu werden. Aber offenbar war die Verbindung zum Verbrechen, zu der Tat, die sie begangen hatten, wichtig für sie.
Sie fragte sich, ob ihre gekündigten Bücher auch so ein Dokument der Schuld und Schande waren? Denn sie fühlte sich zuweilen als die allein Schuldige und schämte sich. Vielleicht war es auch deshalb wichtig, dass sie sich nicht verkroch, sondern mutig zu ihrem Begehren und dem nachfolgenden Geschehen stand.
Sie erinnerte sich an einen „unheimlichen" Film, in dem am Ende einer Feier im Freundeskreis, - sie glaubte es waren zwei Paare und eine alleinstehende Frau, die sich schon lange kannten und Freunde waren - der Mann eines Paares der alleinstehenden Frau, bevor sie ging, K.- o.- Tropfen ins Glas gab. Dann verfolgte er sie, und als er sah, dass sie im Wald bewusstlos dalag, von ihrem Fahrrad gefallen, vergewaltigte er sie. Alle im Freundeskreis, auch der

Täter, waren bestürzt und boten der Frau Fürsorge an, die sich jedoch von allen zurückzog für mehrere Monate bis sie dann aber doch eines Tages, als sie wieder eingeladen wurde, die Einladung annahm. Die Paare und sie waren wieder freundschaftlich beisammen und feierten. Die vergewaltigte Frau folgte dem Kind des Gastgeberpaares, das ihr etwas zeigen wollte, ins Kinderzimmer, dort fand sie durch Zufall in der kleinen Kommode eine Kamera, die dort wie in einem Versteck lag. Sie wurde neugierig, aber als sie sah, was aufgenommen worden war, glaubte sie es nicht. Sie ging damit ins Wohnzimmer, wo die anderen waren und hielt ihnen die Kamera hin. Der Täter war entlarvt und wurde von seiner Frau, glaubte sie sich zu erinnern, fortgejagt. Indessen war ihr der Titel wieder eingefallen: „Einer von uns".

Sie wusste nicht, ob sie alles bis ins Detail richtig wieder gegeben hatte, aber in groben Zügen wohl doch.

Sie wollte damit nur sagen, dass auch dieser Täter, der Vergewaltiger, die Bilder aufgehoben hatte, er hatte die vergewaltigte, geschundene und wehrlose Frau fotografiert, um sich auch noch zu Hause daran zu delektieren.

Konnte sie sich und ihre Bücher damit vergleichen?

Sie hatte den Film gefunden. Er hieß „Es war einer von uns" aus dem Jahre 2010 von Kai Wessel mit Maria Simon in der Hauptrolle.

In der Welt sah es schlimm aus, genauso schlimm wie im Privaten. Das Private ist politisch, behaupteten manche, und das fand sie auch, so sah sie auch ihr Schreiben.

Immer wieder war die katholische Kirche in den Medien. Es war wirklich teuflisch, was alles entdeckt wurde. Nach den Missbrauchsfällen von Priestern an Minderjährigen, den Vertuschungsversuchen bis hin zu den vielen Leichen von indigenen Kindern, die in Kanada, auf dem Grund von katholischen Einrichtungen gefunden wurden, auch sie waren sexuell misshandelt und schließlich getötet worden zu Hunderten.

Die hartnäckige Feindseligkeit der katholischen Kirche gegenüber den Frauen war unerträglich, die sie mit einer Beharrlichkeit von öffentlichen Ämtern ausschloss, die Frauen dadurch demütigte. Alles geschah nur zum persönlichen Machterhalt des Mannes und zum Machterhalt des katholischen Männerstaates.

Auch das Zölibat, das den katholischen Priestern verbat, Familien zu gründen, mit einer Partnerin zu leben, schien ihre Macht zu stabilisieren, die offenbar durch eine Partnerschaft und Familie ins Wanken geraten konnte, vielleicht sogar bröckeln. Also wurde auf Biegen und Brechen krampfhaft an der Frauenfeindlichkeit festgehalten, wie auch an der Feindseligkeit gegenüber Homosexualität,

Dieser Männerstaat wird von der weltlichen, zum größten Teil männlichen, Regierung unterstützt, die von den Bürger*innen Steuergelder einzieht und sich offenbar darüber selbst eine Stabilisierung ihrer Macht verspricht.

Ihrer Meinung nach waren Religionen allgemein männlich, egal welcher Ausprägung, hierarchisierend unterdrückten Frauen, machten sie unsichtbar, als wenn sie sich bedroht fühlen würden, einen Machtverlust befürchteten, eine Einbuße ihrer Macht, wenn Frauen sichtbar würden und sie sich dadurch verdrängt fühlten. Im Grunde stimmte das ja auch, wenn sie einen Teil ihrer Macht abgaben, so waren sie um den Teil, den sie abgaben, weniger mächtig. Gleichberechtigung, Gleichbehandlung beinhaltete die Freude, alles zu teilen. Ohne die Anerkennung und gleichberechtigte Teilhabe der Frau würde es ihrer Meinung nach keinen Frieden und keine Gerechtigkeit auf Erden geben.

„Pränatale Geschlechtsselektion: Fünf Millionen Töchter, die nie zur Welt kommen", unter dieser Überschrift fand sie eine Nachricht auf ihrem Smartphone, die dem Spiegel.de zugeordnet ist. „Weibliche Föten werden in manchen Ländern oft abgetrieben…..Ein Sohn ist mehr wert als eine Tochter - diese Haltung ist in manchen Teilen der Welt verbreitet….der Grund ist eine gesellschaftlich verankerte Geringschätzung für Mädchen und Frauen, …"

Ein Aufschrei bei einfachen Leuten wie bei Intellektuellen, einschließlich Medien, nur weil es darum geht, die Sprache ein wenig! weiblicher zu gestalten, ein Sternchen vor der weiblichen Form zu setzen. In den Nachrichten sagt eine Sprecherin „Ministerkonferenz" statt „Minister*innen

Konferenz". Dabei ist es doch wahrlich keine Hürde, aber wenn es um die Hervorhebung der Frauen in der Sprache geht, so offenbar doch, und zwar weil die Sprache als Herrschaftsinstrument eminent wichtig ist und männlich bleiben soll, die männliche Welt zementieren.

Marcel Proust 1871 in Neuilly-Auteuil-Passy geboren und am 18.11.1922 in Paris gestorben. Sein Sterbetag war ihr Geburtstag, der 18.11.. War das nicht auch der Geburtstag des in München geborenen Schriftstellers Klaus Mann? Ja doch, sie hatte auf Wikipedia nachgeschaut, da prüfte sie alles. 1941 unternahm er seinen 1. Selbstmordversuch. Im Juli 48 folgte der 2. Versuch. Im April 49 zog er nach Cannes an der Côte d'Azur. Am 21. Mai starb er dort an einer Überdosis Schlaftabletten. Vom 5. bis 15.Mai machte er in Nizza eine Entgiftungskur. Er wurde in Cannes auf dem Cimetière du Grand Jas beigesetzt.
Sie erinnerte sich an sein Buch „Mephisto", das ihr ausnehmend gut gefallen hatte.

Sie hörte in der Radionacht, dass Proust sich in einem „Kork-Zimmer" isoliert habe. Der Vater, Arzt. Marcel hatte mit 9 Jahren seinen 1. Asthmaanfall. Eine leidenschaftliche Liebesbeziehung mit…. Nach dem Tod der Eltern Depression. Er verließ sein Zimmer für 5 Monate nicht. Behandlung seiner Neurasthenie (Erschöpfung und Schwäche des Nervensystems) in einem Sanatorium. Dort Therapie mit Isolation und „Induzierung von unwillkürlichen Erinnerungen". Unglücklich verliebt in seinen

Sekretär. Der bei einem Flugzeugabsturz ums Leben kam und Proust abermals in eine Depression stürzte.

Rückweg durch die Schanze, die wieder so belebt war wie früher. Sie ging zu ihrem ehemaligen Stammcafé, dem „Café unter den Linden", das in neuer Frische und Freundlichkeit erstrahlte. Sie hatten in der Zwischenzeit, dem Lockdown, saniert, renoviert, wie sie es bei ihrem letzten Besuch wahrgenommen hatte. Der Fußboden wurde hinten erneuert, die Toiletten neu gekachelt,… Sie freute sich, dass es jetzt wieder in vollem Gange war. Die Tische waren alle besetzt. Die Bedienung, ein Iraner, sagte, dass es am Anfang, als sie wieder öffnen durften, einen wahren Ansturm gegeben hatte, als wenn die Leute lange nichts zu essen gehabt hätten. Und dass er sie fast nicht erkannt hätte und sie ihn auch nicht, weil sein langes Haar zu einer Bürofrisur gekürzt war. Ben., Pole, wie immer wortkarg hinter dem Tresen.
Immer, wenn sie die Nationalität von jemandem nannte, fiel ihr ein, dass das nicht mehr erwünscht war. Sie fand das schade, denn manchmal konnte man sich über das Herkunftsland austauschen, das man vielleicht bereist hatte und auch konnte es zum Verständnis beitragen. Es eröffnete nicht selten neue Horizonte. Sie erinnerte sich an einen Polen, der in Irland auf der Rückreise von Cork nach Dublin neben ihr im Bus saß und mit dem sie ins Gespräch kam. Als er hörte, dass sie Deutsche war, meinte er, dass er jetzt sein Bild von den Deutschen revidieren würde. Lächeln. Genauer hatte sie die Situation in ihrem Buch „Besuche in Dublin" beschrieben.

An und für sich wollte sie noch ihren Nizza Aufenthalt im September mit in dieses Buch nehmen, das Wiedersehen mit Nizza und vielleicht mit Nicholaj. Aber sie hatte sich jetzt entschlossen, es doch nicht so zu machen, sondern vorher aufzuhören und mit Nizza ein neues Buch anzufangen, es als Neubeginn zu betrachten. Zwei Monate waren es noch bis dahin, und die würden schnell vergehen. Sie trug immer noch den Ring, den „Ehering", den „Liebesring", vor einiger Zeit hatte es wieder angefangen, dass sie ihn an ihrem Finger nicht missen wollte. G. aus dem Café, der ihre Post für Nicholaj an diesen weitergegeben hatte, denn sie hatte ja seine Adresse nicht, schrieb, dass er im Café aufgehört habe und nicht wüsste, wo er im September sei. Sie wünschte ihm viel Glück.

Wenn sie ein Auto mit laufendem Motor sah und hörte, ging sie automatisch darauf zu, machte durch die Scheibe die Bewegung, den Zündschlüssel zu drehen und zeigte dann zum Himmel hinauf. Die meisten verstanden, lächelten und stellten den Motor ab, bevor sie weiter auf ihr Handy schauten. Sie lächelte dankbar zurück. Aber kürzlich zuckte der Fahrer des Transporters mit den Achseln und wendete sich wieder seinem Handy zu. Da er genau vor ihrer Bank geparkt hatte, wo sie schrieb, ging sie nochmals zu ihm und klopfte an die Scheibe, denn er war in sein Smartphone versunken. Sie bedeutete ihm, die Scheibe runterzukurbeln, damit sie ihm die Sache erklären könnte, doch stattdessen zückte der Fahrer sein Smartphone und fotografierte sie, drückte immer wieder auf Foto. Sie war wirklich empört und zückte nun ihrerseits ihr Handy, um ihn seinerseits zu fotografieren. Doch da hielt er ein schwarzes Din A 5 Heft vor sein Gesicht. Überdies verkroch er sich, das Heft vor sein Gesicht haltend, zwischen den Sitzen nach hinten in den Transporter, den sie nicht einsehen konnte. Sie erkannte ihre Machtlosigkeit und ging weg, aber dieser Vorfall bewegte sie doch, so dass sie sich nach einer Polizistin umschaute, aber es war zu dieser Morgenstund (hat Gold im Mund) keine zu sehen, deshalb sprach sie zwei Busfahrer an, die sich unterhielten und über ihre Geschichte den Kopf schüttelten. Aber als sie ihnen auf dem Handy den Wagen zeigte, sagte der eine, es könne sich um einen Geld Transporter handeln. Das machte Sinn, denn das Auto stand vor der Hamburger Sparkasse in der Innenstadt. Der Busfahrer meinte, dass er vermutlich nicht autorisiert sei, die Scheibe herunterzukurbeln und zu kommunizieren. Auch das erschien ihr Sinn zu machen. Wenn sie das gewusst hätte! Aber wie hätte sie das wissen können? Der Fahrer hätte doch ein Blatt Papier beschreiben können und ihr dieses durch die Scheibe zeigen können und wenn er nur das Wort Geld Transport oder so etwas geschrieben hätte. Sie schämte sich jetzt, dass sie nicht auf die Idee gekommen war. Was würde er mit all den Fotos von ihr machen? Ins Netz stellen? Das darf er nicht, sagte der Busfahrer, dann könnten Sie Strafanzeige stellen. Sie war aber nicht im Netz unterwegs auf all den Plattformen, würde es vermutlich gar nicht erfahren. Sie war aber sehr unsicher geworden, und als sie am nächsten Tag wieder einen laufenden Motor hörte, war sie unentschlossen, ob sie den Fahrer auf das Klima aufmerksam machen sollte. Sie tat es dennoch, um den Bann zu brechen und erntete ein breites Lächeln, der Fahrer stellte sofort seinen Motor aus, bevor er sich wieder seiner   Smartphone Lektüre zuwendete.

Die Bäckerin sagte, dass sie Angst habe, dass ihr Exmann ihre Kinder in Tunesien festhalten würde, wenn er mitbekäme, dass sie im Land seien. Ihr Stiefsohn mit dem minderjährigen Sohn waren schon dort eingetroffen, sie würde in ein paar Tagen nachreisen.

Sie traf B. auf der Straße und fragte nach ihren Eltern. Der demente 88-jährige Vater war nun endgültig im Pflegeheim, aber ihre Mutter, die auch schon 83 war und statt zu joggen zum schnellen Gehen im Park übergegangen war, bringe ihm jeden Tag selbst gemachtes Abendbrot. Früher hatten beide Pferde geritten, lebten in Freiheit auf dem Land, nach getaner Arbeit. Sie mochte beide. Eine Zeitlang traf sie die beiden im Park, er im Rollstuhl geschoben von seiner Frau, aber das wurde dann tatsächlich zu beschwerlich. Als sie sie letztens selbst traf, sagte sie, dass er im Durchschnitt dreimal pro Woche aus dem Sessel oder Bett gefallen sei, sie hätte dann jedes Mal den Rettungswagen anrufen müssen, weil sie ihn selbst nicht hochheben konnte.

Sie hatte so gut wie gar keinen Kontakt zu ehemaligen Klassenkamerad*innen, aber sie bat St., den Organisator der Klassentreffen, um ein Foto des letztes Treffens, wenn er denn eines hätte.

Sie bekam eines, überdies schrieb er, dass er jemanden vom medizinischen Dienst der Krankenkasse erwarte, damit diese Person den Pflegegrad seiner Frau feststelle. Er hoffe auf externe Hilfe für seine demente Frau, im besten Fall die Zuordnung einer Tagespflegeeinrichtung. Er mache bislang alles alleine. Ob seine Kinder und Enkelkinder ihn hin und wieder unterstützten, dazu schrieb er nichts.

Über das Klassenfoto erschrak sie sehr, denn auf Anhieb erkannte sie niemanden von den alten Leuten. Alle schienen sie sorgenvoll zu sein. Bei näherem Hinsehen dann, erkannte sie die alten Gesichtszüge von damals, als sie einmal 17, 18 Jahre alt waren, sie hatte niemanden in der Zwischenzeit gesehen.

Positiv fiel ihr der schmale H. auf, der mit dunkler Brille und weißem Haar neben P., der zugenommen hatte, stand. Sie schrieb ihm, und er war natürlich überrascht, sie erklärte ihm, wie es zu ihrer mail kam. Er war verheiratet, hatte 2 Kinder und sage und schreibe 7 Enkelkinder. Er hatte nebenberuflich für ein Reiseunternehmen Studienreisen geleitet, die ihn bis ins Alte Land bei Hamburg führten, und er hatte zwei Bücher über den Niederrhein geschrieben.

Aber auch von P. wusste sie, dass sie zahlreiche Enkelkinder hatten. Die älteste Tochter ihrer Schwester hatte ja auch 4 Kinder und M.St., die nicht mehr antwortete, weil sie erbost war, dass sie sich hatte impfen lassen, hatte 5 Kinder und entsprechend viele Enkelkinder.

St. hatte ihr einst geschrieben, dass er sie damals schon als „alt" empfunden hätte, deshalb fragte sie H., ob er sich erinnere, wie er sie damals wahrgenommen habe. Er schrieb, dass er sie introvertiert gefunden habe und reif. Introvertiert stimmte, aber reif, nein, denn dann wäre sie nach der Vergewaltigung zur Polizei gegangen und hätte Anzeige erstattet.

P. hatte ihr nicht geantwortet. Sie hatte ihn im Internet gefunden, denn er hatte 2019 eine Meisterschaft im Kampfsport gewonnen und hielt mit zwei anderen die Gewinnerurkunde in den Händen. Er machte also in „hohem" Alter noch seinen Kampfsport, den er schon als Jüngling ausübte. Im ersten Moment, kam er ihr sehr brutal vor, mit einem kolossalen, behaarten Oberkörper, aber das war wohl der Aufnahme geschuldet. Sie verglich es nochmal mit dem Klassenfoto, und so pendelte sich alles auf ein Normalmaß ein. Sie fürchtete sich nicht mehr vor ihm. Damals vor 50 Jahren, war er eine schlanke, zarte, aufragende Gestalt, er hatte ihr den Hof gemacht, ihr eine Rose geschenkt, aber ihr dann offenbart, als sich ihre Gefühle voll entfaltet hatten, dass er schon einer anderen sein Versprechen gegeben hätte, doch ein bisschen Amüsement würden sie sich gestatten, weil sie noch so jung wären.

Die Hebamme im Haus schrieb ihr, denn sie hatte ein Problem, und sie konnte ihr dabei tatsächlich helfen.

Sie sah, dass sie ein neues Profilfoto eingestellt hatte. Sie schrieb, dass seien die ersten Sonnenstrahlen gewesen, die ihr Gesicht beschienen hätten. Ihr Gesicht sah wie vergoldet aus, wie das Gesicht von Nofretete von der Seite.

Mit H., trank sie gestern nach langer Zeit einen Café und war entsetzt, das ihr Französisch rottenschlecht war, sie stotterte und fand ihre Wörter nicht. H. hatte in Frankreich, Englisch und Deutsch studiert, war nach ihrem Abschluss für eine Ausbildung nach Deutschland gekommen, wo sie ihren Exmann kennenlernte, von dem sie sich im verflixten 7. Jahr trennte. Jetzt war bald wieder ein verflixtes 7. Jahr gekommen und die Trennung von ihrem jetzigen Freund absehbar. Sie schilderte die Auseinandersetzungen zwischen ihnen, die immer darauf hinausliefen, dass er sich auf sie als Schuldige fokussierte, um von sich und seinem Anteil an den Aggressionen abzulenken. Es war kein Problem, H., die ihre Muttersprache Französisch sprach, zu folgen, doch wenn sie selbst etwas sagen wollte, so kam das Französische nicht fließend über ihre Lippen. H. machte jedoch keine Bemerkung dazu. Sie erzählte noch von ihrem Trauma, denn es verfolgte sie, dass sich beide Eltern umgebracht hatten, nicht zusammen, sondern hintereinander. Als sie noch klein waren, sie und ihre Schwester ihr Vater und später, als sie studierten, ihre Mutter. Sie meint, es ginge nicht ohne Therapie, die ihr bislang viel gebracht habe.

Während sie das niederschrieb, hörte sie die 82-jährige Nachbarin auf ihrer Etage, die die knarrenden Holztreppen zum Dachboden hochstieg, er lag zwei Etagen höher. Doch sie hörte sie nicht wieder heruntersteigen. Sie fragte sich, ob sie nach oben gegangen war, um Selbstmord zu begehen, weil sie vielleicht die Nase voll hatte von ihrem Eheleben, denn der 86-jähige Mann konnte die Wohnung nicht mehr verlassen. Oder vielleicht hatte sie oben Stühle und wollte sich nur einmal ausruhen ohne ihn dabei zu haben. Sie wunderte sich über ihre Gedanken, denn sie hatte doch noch kürzlich mit der Frau, die die Zeitung holte, gesprochen, da war ihr nichts aufgefallen, nur, dass sie sehr freundlich war und in der letzten Zeit eigentlich immer lächelte, das frische Lächeln eines Kindes. Ihre Wohnungstür hatte noch Glasfenster, jeder Schritt im Hausflur war zu hören. Aber vielleicht war sie in der Küche gewesen und hatte nicht gehört, wie sie die Treppen wieder heruntergekommen war. Sie würde ihren geliebten Mann nicht alleine lassen. Sie hatte immer den Eindruck von einer guten Ehegemeinschaft. Es war ihr zweiter Mann.

Andererseits, ein Selbstmord im Alter war nicht ungewöhnlich. Sie erinnerte sich an eine Bekannte, deren Eltern sich umbrachten, sie ließen den Fön ins Badewasser fallen während sie in der Badewanne waren. Auch L. verlor ihre Mutter durch Selbstmord, die jedoch noch jung war. Sie hatte es wiederholt versucht und L. war immer zur richtigen Zeit gekommen, aber das letzte Mal nicht. Auch die kleine H. hatte ihren Vater, der auch noch jung war und depressiv, das erste Mal überrascht, als er seinen Kopf in den Gasherd gesteckt hatte.

Endlich hatte sie das Fotobuch „Die Elbe bei Övelgönne" abgeschlossen. Das war sehr befreiend, denn damit hatte sie auch mit dem Mann von der Elbe abgeschlossen, sie war seitdem nie wieder dorthin zurückgekehrt, seit sie bemerkt hatte, dass sich möglicherweise dasselbe wie mit Nicholaj wiederholen würde.

Sie hatte auch ihre Serie der einfarbigen Ölbilder, d.h. der Übermalung alter Werke mit nur einer Ölfarbe beendet. Als nächstes wollte sie auf Papier weitermalen.
Dazu passte, dass sie ihre große, voll mit Öl beschmierte Malerschürze ausrangierte. Sie ersetzte die alte durch eine neue Schürze, die eine aufgetrennte, gefärbte Bluse war.

Auf dem Rückweg vom Stadtpark stieg sie heute Hohe Luftbrücke aus, ging zu Alnatura, aber die waren wie immer zu teuer, so dass sie ohne etwas hinausging und rüber zur Bio Company, die auch teuer waren, aber sie wusste, dass sie eine Ecke mit reduzierten Waren hatten, und so war es. Sie ging dann in den Eppendorfer Weg und kam an dem Antiquariat vorbei, das der ehemalige Inhaber des Antiquariats „Text und Töne" (Bücher, CDs und DVDs) in der Grindelallee führte.
Text und Töne in der Grindelallee bestand seit 1984, aber die Mietsteigerung war nicht mehr zu verkraften,

daher war er in den Eppendorfer Weg gezogen. Sie hatte damals in seinem alten Laden viele CDs von ihrem Sohn loswerden können und ihrem Sohn am Ende an die 400€ gegeben, allerdings war sie da auch im Schanzenviertel unterwegs gewesen und verkaufte seine CDs, damals machte sie noch alle Wege mit dem Fahrrad ganz problemlos. Sie kaufte für 10€ ein Buch über die Schriftstellerin Carson Mc Cullers von Josyane Savigneau, die auch schon über Marguerite Yourcenar eine Biographie geschrieben hatte. Sie erinnerte sich gut an Cullers Buch „Die Ballade vom traurigen Café". Der Inhaber des Antiquariats sagte, dass er noch zweieinhalb Jahre mache, dann wandere er wahrscheinlich nach Portugal aus, da sei das Leben billiger. Wenn man nicht in den Supermärkten einkaufe, sondern in den Markthallen, könne man zwei Taschen mit dem besten Gemüse für 8€ nach Hause schleppen, ein Barsch koste 3€, und dann würden sie es auch noch umsonst entschuppen und filetieren. War das nicht Ausnutzung?

Große Überraschung, denn P. hatte ihr geantwortet, ja er mache noch aktiv Kampfsport. Aber sei zurzeit mit seinen 3 Kindern und 7 Enkelkindern in seinem Sommerhaus in Frankreich, um sich Ablenkung zu verschaffen, denn seine Frau sei vor zwei Monaten an Krebs gestorben.
Das tat ihr sehr leid, denn er und seine Frau waren seit einem halben Jahrhundert ein Paar. Schon in der Schulzeit hatten sie sich das Versprechen gegeben, immer zusammen zu bleiben.

Sie erinnerte sich daran, dass er ihr das damals offenbarte und hinzufügte, aber wenn sie sterben würde oder von ihrem Amerikaaufenthalt nicht zurückkäme, würde er sie gerne zur Freundin haben. Nun, daran würde sie ihn natürlich nicht erinnern.

Dadurch, dass sie in derselben Klasse waren, bemaß sich ihre „gemeinsame" Wegstrecke auf ca. drei Jahre und darüber hinaus, denn sie erinnerte sich daran, dass er ihr ein Geschenk seiner Mutter überbrachte, die sie mochte, als ihr unehelicher Sohn geboren war, und das war ja zwei Jahre nach Ende der Schulzeit.

P. kam aus einem anderen Milieu, sein Vater war Lehrer, ihr Vater war im Osten Bauer gewesen und im Westen Fabrikarbeiter, hatte dann aber noch eine Ausbildung zum Schweißer gemacht, die nach seiner Arbeit stattfand, worüber er sehr klagte.

Sie fragte P., ob er eine Traueranzeige aufgegeben hatte. Nein, das nicht, aber er und seine Kinder und Enkelkinder hätten im Internet ein Pinboard eingerichtet, auf dem Familie, Freunde und Bekannte Erinnerungen hinterlassen könnten, sei es in Form von Fotos oder Texten.

Sie rief die Seite im Netz auf und sah zum ersten Mal seine Frau, seine damalige feste Freundin, mit der er ein Abkommen getroffen hatte, weil sie noch so jung waren, dürften sie sich mit anderen amüsieren. Jedoch hatten sie nicht daran gedacht, dass sie mit den Gefühlen der anderen spielten, was tragische Folgen haben konnte und in ihrem Fall hatte.

Das Wort „Trauer" fand sie auf dem Pinboard nicht, aber jede Menge fröhlicher Erlebnisse mit der

Verstorbenen, auch ein Foto mit dem Waldstück, wo man ihr Grab am Baum Nr... besuchen könne mit Lageplan. Sie war überrascht, dass sie zwischen ihr und ihm keine ersichtliche Nähe fand wie etwa ein Foto, wo er den Arm um sie legte oder umgekehrt. Es gab Kindheitsfotos von ihr und ein Foto ihrer Heirat, aber auch da waren sie nicht dicht beieinander, sie lachte aus vollem Halse, und er schaute zu, viele Fotos aus Urlauben mit den Enkelkindern zumeist.

Vielleicht war es so wie Kl.R. ihr schrieb, dass es müßig sei, sich über den Tod zu beklagen, denn er sei naturgegeben. So konnte man es auch sehen.

Was Nicholaj anging, so dachte sie immer noch an ihn, aber sie hatte ihm lange nicht mehr geschrieben, allmählich rückten die Erinnerungen in die Ferne. Und nun sprach man bereits von einer vierten Welle, so dass der „Urlaub" Anfang September auf der Kippe stand. Sowieso war es eine unangenehme Vorstellung, dort den ganzen Tag mit Maske herumzulaufen. Also es war alles andere als ausgemacht.

In der Nacht, in den endlos wachen Stunden, beschloss sie, sich endgültig von dem blauen und geblümten Kleid mit dem weiblichen Design, das sie für ihn gekauft hatte, um ihm eine Freude zu bereiten, zu trennen. Wie sehr machte sie sich zum Objekt, denn es war nicht ihr Geschmack, überhaupt nicht. Deshalb war sie froh, dass sie es am Morgen zerschnitt und an der Alster, wo sie heute Morgen an einem Tisch eines geschlossenen Restaurants schrieb, in einen Müllcontainer warf, der nur ein paar Meter weg von ihrem Tisch stand. Das letzte Überbleibsel dieser Beziehung war „entsorgt".

Hinsichtlich der einfarbigen Papierbilder, die sie malen wollte, gesellten sich jetzt auch Papierbilder, auf denen sie nur Linien „malen" wollte. Keine festen, sondern zittrige, so wie sie kamen, die Linien würden irgendwo anfangen und irgendwo aufhören oder auch im Kreis herumgeführt oder geradeaus oder irgendwie...

Sie fragte bei St. nach, was der Besuch des medizinischen Dienstes der Krankenkasse ergeben hatte, denn er wünschte sich Erleichterung. Er schrieb erfreut zurück, dass seine Frau mit dem Pflegegrad 3, vielleicht sogar mit 4 oder 5 eingestuft würde. Sobald er den Bescheid bekäme, würde er einen Platz in der Tagespflege beantragen.
Sie schrieb, dass sie sich für ihn und seine Frau I. freue.

Am Bahnhof Altona, wo sie einen schattigen Platz gefunden hatte, lagen die Obdachlosen dicht am Café oder gegenüber. Es waren Osteuropäer, das hörte sie an der Sprache. Es waren hier am Bahnhof immer viele. Sie tranken den lieben langen Tag, und wenn dann der ein oder andere k.o. machte, kam der Rettungsdienst. Heute Vormittag gleich drei Rettungswagen, denn drei sturzbetrunkenen Männern ging es schlecht, sie wurden ins Krankenhaus gefahren.

Später fuhr sie zum Jungfernstieg und fand wieder einen Platz beim Burger King, wo sie neulich das Erlebnis mit dem Fahrer des Geldtransporters hatte. Hier hatte sie einen kühlen Schattenplatz, keine Leute rundherum, diese waren alle auf der Sonnenseite der Alster oder sie kamen später, das Personal kannte sie als Schreiberin und ließ sie zufrieden, unter der Woche verließ sie immer ihren Platz, wenn die ersten Gäste kamen. Sie konnte hier ihre Thermoskanne mit heißem Wasser, mit Zitrone und Ingwer gefüllt, auspacken und auch ihr Butterbrot, ihre Tomate, ihre Weintrauben.
Eigentlich wollte sie vor dem Schreiben ein bisschen am Jungfernstieg spazieren gehen, aber es war wieder dieser langweilige Trompeter da, der immer dasselbe langweilige Stück spielte, das war schlimm für die Ohren. Deshalb ging sie gleich auf die andere Seite zu ihrem Schreibplatz.

Um 7.30 Uhr saß sie morgens am Burger King. Kein Mensch, nur einzelne Büroleute gingen zu ihrer Arbeitsstelle. Gegenüber sah sie das Wasser vor den der Alster Arkaden und auf der anderen Seite das Wasser der Binnenalster. Über ihr ein aufgespannter Schirm gegen die Sonne, die schon früh unterwegs war. Sie war sehr dankbar für diesen Schreibplatz.

Im Café am Alstertor traf sie heute auf Ann., es war wenig los, deshalb gesellte sich Ann. zu ihr. Ihre

Mutter war noch jung, 54 Jahre, aber hatte 9 Kinder geboren. Vier waren schon ausgezogen und fünf waren noch zu Hause. Die letzte Geburt hatte sie mit 45, es waren Zwillinge und ein Notkaiserschnitt, denn nachdem das eine geboren war, wurden bei dem anderen die Herztöne schwächer. Ihre Mutter meinte, dass der zweite Zwilling traurig war, dass sein Brüderchen nicht mehr da war und deshalb wurden seine Herztöne schwächer, als wollte er über diese Betrübnis die Welt verlassen, bevor er sie betreten hatte. Alle Kinder kamen zwischen dem 30. und 45. Lebensjahr ihrer Mutter zur Welt. Nach den Trennungen versuchte sie manchmal mit ihren Exfreunden wieder anzubändeln, aber die „on-off" Beziehungen gingen letztlich immer schief, weil sie nach gelungenem Anfang stets bei denselben Konflikten landeten. Nun habe sie einen jüngeren Freund, den Ann. jedoch nicht besonders sympathisch fand. Erstaunlich, welchen Parcours manche Frauen hinlegten.

O wie schön. Jo hatte mit 45 Jahren ein Mädchen auf die Welt gebracht, doch im allerletzten Moment wurden die Herztöne schwächer und schwächer, so dass es umgehend mit einem Notkaiserschnitt geholt wurde. Jo sendete ihr mehrere Bilder von dem wunderbaren Baby. Und schließlich bekam sie noch ein Video.

Jo hatte wirklich unglaublich viel Geduld bewiesen, um ihren Wunsch Wirklichkeit werden zu lassen, die Fehlgeburten, die künstlichen Befruchtungen mit Fehlgeburten, die Samen- und Eizellenspende, nur ein Ei von zehn hatte überlebt, daraus hatte sich nun ein Kind entwickelt, das sein Leben Jo verdankte.

Doch dann trübte sich der Kontakt zu Jo ein, die ihr auf die Füße trat, weil sie nach einiger Zeit fragte, ob alles in Ordnung sei und weil sie nichts hörte, fragte sie nochmals. Das war zu viel. Dabei hatte sie sich einfach nur Sorgen gemacht, denn bei Neugeborenen konnte alles Mögliche passieren. Hier im Haus hatte eine Frau gewohnt, deren Kind plötzlich tot war.

Sie hatte ihre Schwester auf WhatsApp gefragt, warum sie nicht antworte, obwohl sie doch sah, dass sie immer wieder online war. Es kam eine Nachricht von der Enkelin, die ihr schrieb, dass ihre Oma nicht mehr antworten könne, aber sie würden ihr ihre Nachrichten in den Wachphasen vorlesen.

Ihre Tochter schrieb dann am nächsten Tag, ihre Mama bekomme nichts mehr mit.

Sie schrieb, dass es ihr sehr leidtäte und wünschte der ganzen Familie einschließlich dem Mann ihrer Schwester viel Kraft in diesen schweren Tagen. Die Tochter schrieb zurück: Danke. Genau das brauchen wir.

Sie mochte den Telefonhörer nicht abnehmen, um mit dem Mann ihrer Schwester zu sprechen, denn sie hatte gar kein gutes Verhältnis zu ihm und wollte jetzt gegenüber der Tochter und Enkeltochter nicht ihre Geschichte mit ihrer Schwester und ihrem Schwager zur Sprache bringen.

Er hatte auf ihrem Anrufbeantworter die Nachricht hinterlassen, dass es ihrer Schwester schlecht ginge. Sie konnte seine gepresste Stimme kaum ertragen.

Löschte sie. Überdies hatte sie nicht das negative Gefühl, dass es ihrer Schwester schlecht ginge, sondern sie hatte das positive Gefühl, dass sie sich entferne. Sie hatte ihr gesagt, dass sie keine Schmerzen hätte, sie sei medikamentös gut eingestellt und mit den sich abwechselnden Wach- und Schlafphasen, entzog sie sich bereits teilweise und jetzt immer mehr, da sie keine Wachphasen, in denen sie an der Welt teilnehmen konnte, mehr hatte. Sie hatte komischerweise ein gutes Gefühl, das Gefühl, dass sie sich schrittweise aus dem Leben zog hinein in eine andere Welt, die den Lebenden verschlossen war, in der sie jedoch ihre Ruhe vor ihren Interessen und Lärmen fand. Sie hatte tatsächlich das Gefühl von einem wohligen Schlaf, einem Schlummer, der immer tiefer wurde und die Familie und Menschen immer weiter hinter sich zurückließ. Das tröstete sie seltsamerweise auch hinsichtlich ihres eigenen Todes. Man trat in eine eigene Welt ein. War es die Welt des Todes? Jedenfalls schien ihr das Wort „schlecht" eher in die Welt der Lebenden zu passen, die es äußerlich sahen. Sie glaubte, ihre Schwester war auf einem guten Weg. Sie hatte ja auch immer wieder geschrieben, dass sie mit ihrem Leben zufrieden sei, auch das passte zu der Vorstellung, dass ihre Schwester für sie in Frieden aus dem Leben ging.

Sie fand die Traueranzeige im Internet. Deshalb steckte sie ihr Beileidsschreiben an den Mann ihrer Schwester in den Briefkasten.
Der Mann ihrer Schwester hatte in der Traueranzeige geschrieben: „Danke für die schöne Zeit". Sie war

irritiert, denn sie hatte wohl das Wort „Trauer"
erwartet. Er hatte auch darauf verzichtet, die
einzelnen Familienmitglieder namentlich zu nennen,
wie es noch auf der Traueranzeige für ihre Mutter
geschehen war, damals hatte sich jene Tochter, die
sich schon immer benachteiligt gefühlt hatte, wie sie
sagte, über die Reihenfolge beim Beerdigungsinstitut
beschwert. „Danke für die schöne Zeit", das klang für
sie so lapidar, aber vielleicht hatten sich die Zeiten
geändert, und man sagte das jetzt so, wenn der
Ehepartner, die Ehepartnerin starb.

Sie hatte früh morgens im Internet nach der
Traueranzeige geforscht und bekam nachmittags die
Traueranzeige des Beerdigungsinstitutes in den
Briefkasten. Das dann einen Tag später nochmals
einen Brief schickte, darin war die vergessene
Einladung zu einem Beisammensein am Anschluss
der Beerdigung in ein Restaurant. Sie erinnerte sich,
dass auch ihre Mutter, als ihr Mann, ihr Vater, starb,
in ein Restaurant eingeladen hatte, und die
Trauergäste kamen zahlreich. Ihre Mutter selbst
wollte das nicht, kein anschließendes Beisammensein
im Restaurant, nur im engsten Familienkreis
beigesetzt werden, weil die beiden Enkeltöchter und
ihre Familien nicht mehr miteinander sprachen und
auch eine Enkeltochter mit ihrer (jetzt verstorbenen)
Tochter und deren Mann nicht und auch die
Hamburgerin fernblieb wegen der zerrütteten
Verhältnisse, aber das war der Mutter sowieso nicht
am Herzen gelegen, denn sie ließ sie noch nicht
einmal grüßen. Wahrscheinlich hatte ihr Mann

deshalb keine Namen auflisten lassen, sondern nur von Familie in der „Traueranzeige" gesprochen.

Sie informierte ihren Sohn telefonisch und sagte ihm in diesem Zusammenhang, dass sie für sich eine anonyme Urnenbeisetzung in einem anonymen Urnengrab wünschte, also anonym unter Anonymen. Sie unterrichtete ihn auch über den Organspendeausweis, und dass sie bei eingetretenem Hirntod keine lebensverlängernden Maßnahmen wolle.

Auf der Anzeige, die das Beerdigungsinstitut geschickt hatte, war auch Salomonis 3. 1-2 zitiert: „ Alles hat seine Zeit; Zusammen sein und getrennt werden, gewinnen und verlieren, lachen und weinen, trauern und getröstet werden. Alles hat seine Zeit."
„Du bist in unserem Herzen (Name, geborene…, Geburtsdatum und Todestag) . Danke für die schöne Zeit, Dein…und Familie"
Sie hatte tatsächlich keine Bibel im Haus, deshalb sah sie im Internet nach. Da fand sie unter Prediger – Kapitel 3 und der Überschrift „Alles hat seine Zeit" den folgenden Text:
„Ein Jegliches hat seine Zeit und alles Vornehmen unter dem Himmel hat seine Stunde.
Geboren werden und sterben, pflanzen und ausrotten, was gepflanzt ist, würgen und heilen, brechen und bauen, weinen und lachen, klagen und tanzen, Stein zerstreuen und Steine sammeln, herzen und ferne sein von Herzen, suchen und verlieren, behalten und wegwerfen, zerreißen und zunähen, schweigen und

reden, lieben und hassen, Streit und Friede hat seine Zeit. Man arbeite wie man will, so hat man doch keinen Gewinn davon…"

Sie kaufte für ihre Schwester eine Pflanze, eine Myrthe, die sie in ihren Balkon-Garten stellte.
Aus einem Hauseingang in der Mansteinstraße, in die sie der Zufall getrieben hatte, nahm sie einen Herrnhuter Stern mit, der nebst anderen Sachen aussortiert worden war und zum Verschenken an die Straße gestellt wurde (das war üblich, denn für Kleinigkeiten bestellten die Leute keinen Sperrmüll).
Sie hatte bereits drei Sterne, für jedes Zimmer eines, dieser war weiß, sie überlegte, ihn für ihre Schwester aufzuhängen, aber zu Hause angekommen, konnte sie es nicht, nicht zu dieser Jahreszeit, denn es waren Weihnachtssterne, aber dann würde er leuchten, da war sie sich sicher.
Am anderen Tag packte sie ihn doch aus. Er war zu ihrer Überraschung nagelneu. Sie brachte ihn in einem der Fenster zum Leuchten, es war nicht, wie sie vermutet hatte, ein hartes, weißes Licht, sondern ein ganz weiches, warmes Licht, das eine Prise von der Farbe einer Mandarine hatte.
Es war doch kein Weihnachtsstern, sondern „der Stern ihrer Schwester"…

Bücher

Dreiklang, Kurzgeschichten 1983 -2016
Fünfklang, 5 Prosatexte
Zweiklang, Mutter-Tochter Beziehung
Einklang, nicht mehr lieferbar
Nos échanges, nicht mehr lieferbar
Der seine Stirn an den Baum legte, Gedichte 1967-2017
Der goldene Taler, Märchen
Stimmen, Kurzgeschichten 2018
Zer – brochen, Innerhalb und außerhalb des Tunnels, Prosa
Besuche in Dublin
Trennung, nicht mehr lieferbar
Antoine und seine Geschwister, Kurzroman
Der Himmel über mir, Beziehungsdrama
Sanftes Kratzen, Aufzeichnungen nach einer Trennung, 1.Teil
l.n.1, lydia november, 1980, verfügbar in der Stabi Hamburg
l.n.2, lydia november 1982, verfügbar in der Stabi Hamburg
Das Riesenrad, Roman, unveröffentlicht
Melancholie, Kurzgeschichten 1985, nicht mehr lieferbar
Werkschau 1976 -2020, Malerei, Radierung, Zeichnung, Skulptur
Gezeiten, Bildband
Die Elbe, Bildband
Lichtung, Prosa, erscheint im Herbst/Winter 2021